O Bode do Ibirapitanga

Prefácio

Obra ficcional parodiando eventos fictícios que não podem acontecer ou nem poderiam haver coisas tão bizarras que não se subentendem na lógica e expectativas humanas, portando, no mundo da ficção dos bichos tais fatos são aparentemente exóticos e por isso irrelevantes. O ponto de unidade com a realidade deve habitar as mentes mais insidiosas e maliciosas capazes de conectar tanta aberração com a realidade, tirando ou excetuando-se as redes sociais onde tudo é possível, somente no mundo virtual - ou abstrato, na linguagem pré internetiana –tal possibilidade nem pareceria uma aberração. Divirta-se ou morra.

Sumário

Introdução

História de um bode muito famoso que impressionou o mundo inteiro. Um bode falante, que sabia ler também e era uma espécie de filósofo que falava de matriz energética, macroeconomia de estado, explosão demográfica, geopolítica, marxismo bodístico, educação e escolarização e até de futebol.

Sua fama percorreu o mundo como um fenômeno nunca visto antes e até os Papas queriam conhece-lo, sendo recebido no Vaticano por todos os pontífices que passaram por lá.

Não tardou a granjear títulos de doutor honoris causa das mais influentes e importantes universidades dos EUA (Yale, Birminghan, Harward, Stanford, UCLA, Wahrton), Grã Bretanha, Portugal, França justamente nos redutos socialistas mais conhecidos do mundo acadêmico.

Nem era cristão nem socialista, criou para si um sincretismo de ideologias que misturava bodismo católico com cachaciologia alcoólica.

Capítulo I

ZéBodão

- Vou te bloquear e te processar, ZéBodão!

- Como você conseguiu o meu Facebook, animal?

- Você estava na lista participativa de ofertas de contato de contato, isso é uma estratégia de engajamento automática do FB. Eu só aceitei a sugestão e mandei o convite.

- Como você adiciona uma pessoa sem ser convidado e sem informação, além do perfil padrão do FB?

- Eu faço engajamento para aumentar a rede e chegar talvez numa criatura interessante pela rede de contatos indiretos cruzados.

Fui até Instagram e também aparece lá a mesma sugestão de engajamento da sua rede de contatos, precisava manter a sua rede ativa porque gostava dos vídeos de vários países do mundo, principalmente de artistas e outros bichos.

Comecei a seguir. É tanta sugestão que a gente nem tem como fazer uma peneira de quem a gente segue e de quem somos seguidos.

ZéBodão está solto da prisão, e não é sursis nem saída temporária para responder pelo artigo 310 do código de processo penal brasileiro dos bichos.

Que longo caminho percorreu ZéBodão até sair da penitenciária.

ZéBodão era muito querido entre os bodes, principalmente os suínos, que mantinham uma estranha admiração pelos feitos do ZéBodão, sua vida foi um turbilhão de emoções para um bode.

Sua chegada ao ABV, que era a região de recria de bodes para abate, era muito desenvolvida, melhor ração, veterinário, água à vontade, e ZéBodão logo aprendeu a apreciar a cachaça daquela região, no Estado de São Porcolândia.

Era o sonho dos bodes lá da Secolândia, uma região muito fértil mas com secas periódicas muito longas que acabam pegando as manadas desprevenidas, apesar de serem secas periódicas e previsíveis, mas os bichos nunca se organizam, imagino se fosse no frio polar em que toda estação de inverno os bichos do ártico não hibernassem depois de acumularem muita proteína nos seus corpos para aguentarem o frio esperado.

Esses bichos de Secolândia são um exemplo de completa imprevidência, ajudados pelas políticas governamentais dos leões que governam o país de Ibirapitanga, portanto, os ibirapitanguenses já acostumaram com as ajudas em dinheiro sempre esperadas e desejadas que sempre chegam todos os anos para combater a seca inesperada periodicamente regular.

Mas quem não gosta de viver em Ibirapitanga?

É o paraíso na terra, os ibirapitangueiros ou ibiripitanguenses são alegres, são religiosos mas sem religião, conta-se que costumam castigar os santos de sua devoção quando não atendem as promessas encomendadas, mas podem fazer coisas incríveis para obter as graças em promessas mais bizarras.

As religiões dos bichos são sempre um ambiente de negociação entre presentes e ofertas aos santos de sua devoção, e em troca querem saúde, dinheiro, casamento, felicidade; e os cavalos, que são os sacerdotes dos bichos, são rápidos e agressivos para retirar o dinheirinho dos bichos, você sabe, além das maldições existe o castigo eterno onde os noesis dos bichos passam por um longo túnel onde são executados em câmara lenta podendo a morte durar muitos anos seguidos, em lugar da execução da morte rápida do abatedouro e esse é o castigo mais amedrontador que os cavalos utilizam para controlar o gado.

Depois de 1994 quando a Internet chegou em Ibirapitanga os ibirapitanguenses se tornaram um dos três maiores utilizadores a rede internacional.

Agora a velha mania da fofoca tinha um exponenciador potencializador digital extraordinariamente poderoso.

A janela e a praça pública perderam totalmente a importância para manter os bichos atualizados com a matéria mais importante de suas preocupações, que é saber tudo o que os outros estão fazendo, ou, o que as pessoas acham que você acha que eles acham que você está fazendo.

Eram apenas e-mails, no início, mas inventaram as redes de trocas instantâneas, veio o famoso Orkut, os ibirapitangueses destruíram toda a credibilidade do Orkut com suas brigas e baixarias, mesmo naquela fase onde as ligações da internet eram discadas por linha telefônica, mas o sucesso foi estrondoso.

Logo vieram outros padrões de redes mais formais com recursos que incorporaram os avanços conseguidos passo a passo desde os e-mail que começaram trocando apenas textos txt, depois permitiram adicionar e incorporar pacotes sinistros chamados anexos, verdadeiras bombas de relógio que poderiam detonar sua segurança de seu computador com vírus perigosos e destrutivos auto reprodutivos; depois de incorporar transmissão de anexos o e-mail evoluiu para transferir arquivos inteiros, depois imagens estáticas, depois músicas, e finalmente vídeos. Foi o ápice do e-mail.

Toda essa tecnologia estava disponível apenas nos computadores, mas logo criaram os smartphones, que são telefones celulares que incorporaram processadores e processos softwarescos que permitiram transformar o celular em: computadores desktop, ou computados notebook, ou o antigo laptop, em um computador de bolso, e então as redes surgiram no formato que conhecemos hoje com facebook, instagram, whatsapp, snapshot, e tantas que agora os bichos podem trocar grunhidos com um celular.

ZéBodão parecia mais um bode comum chegado como migrante, era seu destino o abatedouro e ir parar numa salsicha, ou linguiça, ou no açougue do mundo exterior.

O destino tinha outros projetos para ZéBodão quando diante do abatedouro organizou um comício sem planejar e de improviso impressionou a audiência com o seu grunhido rouco e suas poucas qualidades gramaticais e semânticas não o impediram de se fazer entender na linguagem mais simple e direta, comocionando (comovendo e emocionando) a todos inclusive aos seres humanos donos do abatedouro de bodes e porcos, estavam todos entusiasmados pelos grunhidos inesperados do bode sabido.

Era notícia em todos os jornais, o bode falante, e não importava quem chegava todos ficavam admirados com seus grunhidos, zombando de todos, fazendo piadas e bulying sem parar, os policiais até tentavam prendê-lo mas logo era solto, todos se deixavam impressionar com a possibilidade de um bode tão inteligente e falante.

Foi fazendo admiradores pelo seu poder carismático e simplicidade no falar, cada vez sua fama era maior por causa da sua influência, mudando as leis do abate de bodes e de porcos, tornando o processo mais criterioso inclusive com a música suave e anestesia antes do abate, avanço maior foi a sonhada introdução da guilhotina de alta velocidade que permitia uma morte instantânea dos bodes enquanto reviravam os olhos assistindo a um vídeo no momento fatal onde paisagens do lindo campo com gramas verdes e frutas eram mostradas rolando pelo gramado.

ZéBodão começou a frequentar lugares perfumados onde lhes serviam vinhos caros, charutos e muitas cabras fogosas, ZéBodão escondia isso de todas as pessoas e principalmente dos seus admiradores, que nem sequer gostariam que comentassem aquelas coisas completamente bizarras com respeito a vida do humilde e honesto ZéBodão.

Capítulo II

As três patas

Estava Zébodão comemorando mais uma audiência com a comissão de abate da cidade de Cornulândia dos Bichos, quando ao fazer o pedido final solicitou a saideira que é a última rodada de cachaça para seus cumpanhêro de militância, então pediu a conta ao garçom para dividir o valor da consumação entre os presentes na mesa,

o gerente se aproximou de Zébodão e pediu um autógrafo, ou, patatógrafo; Zébodão o atendeu e estendendo sua pata rabiscou seu nome de guerra Zébodão no cardápio local onde comiam e bebiam, e o gerente fez o sinal dos três dedos, Zébodão sabia o que significava aquele sinal que estava se tornando cada vez mais conhecido dos iniciados e dos amigos mais íntimos do sistema Zébodão e do esquema que começava a ser constituído em sua carreira bem interessante como celebridade do meio político, sindical e empresarial.

Os três dedos do gerente era a senha para a gratificação em forma de cortesia da churrascaria onde os amigos de Zébodão se encontraram para comer e conversar. Significava 0800, custo zero, conta grátis.

Os três dedos foi um sinal que Zébodão ao início desprezava, pois soava como zuação dos amigos desde que perdeu a última articulação da pata traseira esquerda em um acidente desconhecido de longa data.

Por causa do defeito que lhe deixava com apenas três patas o Zébodão foi retirado da fila de abate, uma carcaça de bode faltando uma pata deixa os compradores assustados, e evitam falar do assunto.

Muita gente e principalmente os outros bodes desconfiavam que Zébodão provocou a mutilação da sua própria pata para fugir do abatedouro, como percebeu que os bodes com pequenas imperfeições anatômicas eram descartados do abate nos grandes frigoríficos. Deve ser outra fake News, coisa da rede social antidemocrática ou resultado do tráfico de mensagens softwares robôs digitais.

Zébodão gostava de fazer as suas piadas politicamente incorretas. Onde andava fazia das suas e sempre trazia para seu público privado suas tiradas tóxicas.

Gostava sempre de contar que o município gaúcho Pelotas era a maior fábrica de bodes das patas viradas e pintadas. Essa era na verdade a má fama do folklore sobre essa cidade cuja fama e origem é desconhecida.

Zébodão agora viajava por todo o País, mesmo com muitas prisões, muitos processos na justiça contra ele, principalmente desacato às autoridadese desobediência, mesmo com muitos mandados de prisões seus advogados nunca paravam, trabalhando muito, os melhores, mais famosos e mais caros advogados.

Zébodão era assediado pelos partidos políticos, recebia propostas dos empresários para cooperar e segundo as suspeitas era cooptado por dinheiro para ceder contra os próprios interesses dos bodes, justamente aqueles que representava nas mesas de negociações, sujeitando-se aos interesses dos empresários.

Agora era só administrar o assédio dos repórteres de rádio e da televisão; todas as cabras queriam uma noite como parceira de Zébodão, até a polícia respeitava Zébodão, com aquela fama inesperada seus filhos não podiam mais frequentar tranquilamente a escola nem os bailes nos clubes, era vigiado dia e noite sem parar pelos serviços secretos das forças armadas, e pelos serviços reservados da polícia.

Agora Zébodão era escravo do sistema, não era mais o dono de suas vontades, perdeu a liberdade, era vigiado pelos paparazzi, tudo que fazia de menor importância era fotografado e publicado nos tabloides, em jornais, revistas, e suas palavras e atos eram interpretados e analisados por especialistas e comentaristas sociais, comentaristas políticos, tudo que fazia teria muito interesse, e logo o futuro mostraria que ele seria uma pessoa de grande importância para o país e para o mundo.

Você poderia abrir o jornal e as revistas, ligar a televisão na hora do jornal e com certeza Zébodão estava lá todos os dias, todas as semanas, o ano inteiro, não sei como os jornalistas conseguem manter uma agenda permanente sempre com novidades, ou na repetição que hipnotiza os leitores parecendo uma lavagem cerebral ou um clube de fanáticos ou militantes militontos sem miolos, que seguem e defendem com suas vidas os seus ídolos.

Onde iria parar tudo aquilo?

Uma celebridade intocável, com um prestígio popular muito grande, sem dúvida agora era uma pessoa pública e uma instituição política involuntariamente, isso significa que o jogo político havia começado, isso significa muita intriga, mentiras, difamação, armadilhas colocadas no caminho e novos inimigos e novos e poderosos adversários políticos, justamente aqueles profissionais em destruir reputações e fazer as maiores baixarias para ganhar e manter seu poder.

Políticos não tem amigos nem aliados, tem ocasiões em que se escolhe o lado que pode sempre mudar de acordo com os interesses imediatos, como dizia Tancredo Neves, a política é como uma nuvem no céu, quando você olha de novo já mudou tudo; não existem inimigos permanentes nem coisas imperdoáveis no meio político, e isso as pessoas fora da política nunca vão entender e aceitar.

Max Weber dizia que existem dois tipos de ética: a ética pessoal que é a ética de convicção e a ética de conveniência, a de responsabilidade, que é a ética de política. Machiavelli o pensador político em seu famoso livro O Príncipe também tem conselhos aos políticos que assustam aos puristas, aos éticos e aos religiosos, porque a arena política seria melhor explicada pela teoria dos jogos de Simonsen, ou pela teoria da lógica da ação coletiva de Mancur Olson onde as decisões em público não são a soma de decisões individuais, muito pelo contrário, a lógica individual geralmente se contrapõe à lógica coletiva e nenhum indivíduo seria capaz de voluntariamente se sacrificar para o bem estar coletivo.

Esse cálculo de utilidade foge do domínio individual porque é muito difícil para qualquer pessoa não altruísta perceber o interesse do outro como seu próprio interesse.

A política é uma arena de disputa de poder onde os interesses públicos estão sujeitos aos interesses políticos e dos políticos em manter os seus mandatos para isso acabam produzindo decisões de interesse público quando estes devolvem esse apoio em forma de votos para manter os mandatos dos políticos.

Mas Zébodão não lê nada, ou lê tudo, uma das habilidades de Zébodão é ler textos de cabeça para baixo, já foi visto lendo - aparentemente concentrado em leituras de livros com seus óculos de leitura - mas o livro estava de cabeça para baixo, que habilidade extrema, é muito radical pois uma vez debochou dos intelectuais e outras vezes não se sabe como; sempre está bem informado sobre quase tudo, poucos assuntos ele deixa sem resposta na sabatina, acredito que os jornalistas costumam ser excessivamente condescendentes com as perguntas e principalmente com as suas respostas.

Os famosos e celebridades costumam navegar acima da censura e das críticas por causa da magia e do deslumbramento que faz a blindagem porque os processos judiciais de proteção da imagem contra calúnia e difamação e injúria duram décadas e o estrago na imagem costuma ser irreparável, uma vez pronunciada a palavra ela não volta para a boca, nos salva a memória de 24 horas da opinião pública que precisa ser lembrada e relembrada para não esquecer os ídolos e a razão de seu sucesso.

Tudo é transitório na mídia e na lembrança popular, menos as tragédias e as farsas e falsas tragédias que nunca são esquecidas, parece que as pessoas têm uma atração inexplicável pelo bizarro, pelas coisas mórbidas e extravagantes.

ZéBodão era especialista em coisas bizarras e sua vida e sua classe social eram bizarras, as coisas que fazia e seus amigos contrariavam tudo que a grande mídia entendia como comportamento socialmente aceitável para o modelo padrão da classe média vivida nas novelas e no imaginário coletivo.

Zébodão vive um reality show aberto em sua vida nada privada, nada do que faz deixa de ser observado por milhões de pessoas e outros bichos, todos curiosos para acompanhar aquele misterioso bicho que sabe falar como os seres humanos, as pessoas nunca normalizaram este comportamento inusual, incrível, surreal.

Zébodão estava ali no momento certo e no lugar certo dessa fase da civilização humana da vitimização das minorias e das relações abusivas da sociedade representada pelas pesadas críticas sociais que desde os 200 anos passados começaram a serem estruturadas em textos e em livros como o Capital de Karl Marx, autor muito citado e muito pouco lido e compreendido pelo público que se diz seu representante e afiliado ideológico.

Foi nessa onda que surfou o nosso amigo Zébodão.

Toda essa insanidade começou com um desses programas humanitários criados por organismos internacionais no bojo de políticas ditas sociais e democráticas que visavam a humanização do mercado da sociedade industrial.

A ideia de proteção das minorias discriminadas e marginalizadas mereceu capítulos e declarações em suas defesas que viraram estatutos sociais obrigatórios das nações signatárias desenvolvidas envolvidas aparentemente na elevação do nível da civilização. Foi com essas pseudo-boas-intenções que nasceram: a declaração universal dos direitos do homem, depois corrigida - pela fala do politicamente correto - para a declaração universal dos direitos da pessoa humana, nasceu também a declaração universal dos direitos da criança e do adolescente.

Sobre qualquer declaração universal de direitos, deve-se pelo menos ponderar, segundo Zébodão, que o conceito de universalidade viola ou choca-se ao princípio do multiculturalismo. Ou se é universal, ou se respeita as diferenças culturais?

Zébodão acendeu seu charuto cubano e começou a filosofar. A espécie humana continua dominante na natureza apesar da competição intraespecífica e interespecífica, porque os humanos aprenderam a cooperar entre si. É o que Durkheim conceitua de solidariedade mecânica e de solidariedade orgânica.

Foi a organização social humana baseada na cooperação que construiu e constituiu a estrutura da sociedade e eliminou o risco à sobrevivência, sem ameaças, da espécie humana.

Mas não foi sempre assim. Zébodão parou para dar uma baforada na cara do repórter, antes de prosseguir em sua aula de sociologia estruturalista:

Houve uma época remota onde como qualquer espécie animal ou vegetal os humanos tiveram que travar combates fatais para garantirem a sua sobrevivência, este processo de seleção agonística está associado ao conceito de seleção natural pela competição para a sobrevivência de Darwin.

Zébodão começou a ser convencido que vivia oprimido enquanto classe social pelos donos dos frigoríficos que somente desejavam sua pele e sua carne para comerciarem, e esta situação era injusta pois fazia parte de uma equação de sistema de opressão das classes sociais, segundo lhes falaram sobre Karl Marx.

Este processo da seleção natural das espécies darwiniana estagnou diante da capacidade humana de adaptar o meio ambiente e modificá-lo e não o contrário, como vinha ocorrendo.

Zébodão citava até Darwin que ao se especializar no estudo das espécies da ilha dos Galápagos deixou de considerar uma das grandes estratégias da capacidade de adaptação das espécies ao hostil ambiente que é o mecanismo de migração.

Segundo Darwin, isolados na ilha esta capacidade fica bem limitada, mas nada impede que um fenômeno aleatório de migração acidental acabe por alterar as populações da ilha como, por exemplo, a migração furtiva de um grupo de animais navegando a esmo em um meio flutuante de fortuna, como um pedaço de árvore para longe do lugar de origem.

Zébodão, já na última pitada do charuto, conclui que o desenvolvimento das habilidades humanas para lidar com o meio ambiente quebrou as expectativas de hegemonia completa da tirania da sobrevivência baseada na passividade com que as populações sucumbiam às adversidades ambientais.

Sabia Zébodão que os humanos aprenderam a criar um microclima ao descobrirem o fogo, ao mitigarem as agruras das estações climáticas severas. Mas também, e principalmente, migravam.

Nem toda competição leva à evolução. Nem toda evolução nasce da competição.

Zébodão não iria fazer uma regressão ao infinito ao considerar hipóteses de que espécies mais avançadas deixaram de sobreviver sucumbindo ao meio ambiente hostil. Mas é uma hipótese plausível, embora não comprovada.

Todos os dias sinto a sensação de ter sido roubado, mas certamente estou sendo enganado todos os dias aqui no Brasil, disto eu sei. Dizia Zébodão.

No peso, no volume e na qualidade todos os produtos encontrados no comércio são fraudados, adulterados, corrompidos.

Nada está de acordo com as indicações ali colocadas na embalagem.

Para se obter quaisquer serviços deles os prestadores se escondem em exigências contraditórias e inescrupulosas, vazias e óbvias. Quer ver uma: se eles te pedem um atestado de residência apenas aceitam as contas de luz e de água.

Mas quem forneceu o endereço para as empresas que fornecem luz e água poderem te fornecer o comprovante de endereço foi o próprio cliente o qual volta lá depois para pegar o seu comprovante das informações do endereço que ele mesmo forneceu e que não seriam válidas sem o comprovante de seu endereço. Pode isso? Zébodão filosofava sobre o comportamento irracional dos humanos e seu sistema social.

Já tentou cancelar um serviço? Academia de ginástica, tv assinada, linha telefônica, curso de línguas? Eles te acusam de não ter acreditado que era um contrato escravo perpétuo e que você é adulto o suficiente para entender que o contrato era tacitamente eterno como o seu emprego, e que se você os deixar vai ter que indenizar a empresa prestadora pela sua desistência, mesmo que não tenha mais onde morar e o que comer. É pior do que divórcio em regime de comunhão de bens. Esse Zébodão é muito perspicaz.

Serviços públicos: você está reclamando de algo que é de graça, é muita arrogância reclamar de presente dado, não acha? Zébodão nem tinha direito aos hospitais e escolas públicas, somente os humanos tinham um privilégio que desconheciam o valor verdadeiro dessa dádiva do Estado e do governo, quantas vezes Zébodão viu um médico público ou um professor ser agredido, sem motivo aparente. O serviço público, afinal, é gratuito! Até um bode entende isso e suas consequências.

Os políticos depois de eleitos nunca mais querem ouvir o eleitor, afinal qual é a prova de que o reclamante realmente deu o seu voto para um bode, pois o voto é secreto e não há comprovante do voto no candidato, então ele presume sempre que você não votou nele e diz que está ali servindo à comunidade toda e não às pessoas individualmente, isto seria favorecimento, clientelismo e corrupção!

Nunca compre produtos pelo catálogo, muito menos pela internet. No ibirapitanga de Macunaíma desconhecem-se contratos, prazos e direitos.

Palavra, tradição, compromisso só no cartório, registrado e com testemunhas. Se você não é menor de idade tem de responder pelos compromissos assumidos sem direito à desistência mesmo que não tenham sido consumados: pegou, tocou, olhou tem que pagar! Crianças, mulheres, velhos e bodes, são invisíveis.

As mulheres, os jornalistas, as criancinhas e os índios são tutelados pelo sistema jurídico, são as vítimas da vez, tudo que eles disserem contra você será reduzido a termo sem os direitos ao contraditório, à presunção da inocência, sem direito ao devido processo legal e sem direito à ampla defesa.

Você está no mínimo liminarmente indiciado penalmente se os ferir, o ECA, os direitos da terceira idade, Lei Maria da Penha...etc.

Se for para as ruas reclamar, reivindicar, se manifestar te espera lá a polícia de choque. Oposição política é tomada como golpe de Estado, no mínimo, reclamação de perdedor ou tomado como o terceiro turno das eleições. Derrotados nas eleições não reclamam, não tem vez, não tem razão, presume-se sempre que são despeitados e que não sabem perder nem reconhecerem a sua derrota nem o vencedor. Zébodão sabe tudo agora do jogo político e da mídia marrenta.

Os adversários políticos são tratados como inimigos, os pobres sofrem penas severas por pequenos delitos, os ricos quando chegam à condenação apenas sofrem comutação das penas ou encarceramento simbólico, fugaz e luxuoso.

Corruptos e criminosos são apenas aqueles distraídos que se deixam apanhar no dolo ou na culpa. Vergonha não é cometer crime, vergonha é ser apanhado ou descoberto cometendo algum delito. Os bodes são apenas para figurarem assados num banquete sobre uma bandeja.

Quando o culpado pelo crime é a autoridade então o agente da lei que a apreendeu é punido, ou afastado, ou deportado. Bodes não são sentenciados, são abatidos.

Aí, caso a autoria do crime seja da autoridade, o delito vira desvio, o indiciado vira pseudo-acusado, o culpado vira inocente, a polícia vira perseguidor político e a lei vira injustiça! Zébodão já tinha capturado o sistema. Ele sabia jogar muito bem dentro destas regras não escritas no jogo social do poder formal.

Para isso se criam em Ibirapitanga novas leis a uma taxa de 1500 novos artigos nos códigos de leis por ano, com isso já acumulamos mais de 5.550 mil dispositivos legais e a Constituição Federal exige que todos os cidadãos tenham a obrigação de não desconhecer as leis! Essa inclusive é uma das leis, ninguém conhece melhor todos os seus direitos como os delinquentes, incrivelmente verídico.

Nas filas nos bancos, nos supermercados, nos cinemas, nos hospitais tudo comprova que a lei de espera nas filas é desrespeitada, desvirtuada, manipulada, destorcida quando os vovôs de aluguel e deficientes físicos, além das gestantes são usados para furar as filas pelos próprios dependentes e parentes deles que tirando proveito dos privilégios nas filas especiais para os deficientes para os preferenciais, corrompem totalmente a finalidade da lei que criou estas facilidades para os deficientes físicos, idosos, grávidas, pessoas com crianças de colo, cadeirantes e usuários de próteses e aparelhos de locomoção auxiliar.

Zébodão aprendeu a ficar só um minutinho na vaga de deficientes e de preferenciais. Coisa de gente humana, ks ks ks.

Zébodão tem uma enorme intuição sociológica, ninguém entende a sua perspicácia, como pode um simples bode ter uma intuição política tão acurada, agora o destino apertou todas as chaves e a única coisa para fazer tinha que ser feita: Zébodão para presidente da república.

Era a máxima ruptura da sociedade de 500 anos de dominação da classe da elite política, elite bancária, elite da agroclasse, elite econômica e a elite política de Ibirapitanga. Como introduzir a ideia impensável de um bode concorrer às eleições para ser presidente da república?

Essa ideia que parecia uma loucura desde o início foi garantindo seu espaço pela simpatia de grupos de opinião e alguns políticos que viam nele um cavalo de Troia para controlar os seus interesses com aquele candidato tutelado pela mesma elite que sempre o odiou.

Parecia um plano louco, mas não um comportamento singular, as classes políticas brasileiras sabiam incorporar todas as demandas populares nos programas do governo, dar os anéis para não perderem os dedos e se perpetuarem no governo, seja lá quem esteja sentado na cadeira do Planalto.

Capítulo III

Zébodão estuda do marxismo

“A História jamais se repete: a não ser como farsa” (Marx, apud Proudhom).

Precisamos de uma nova revolução. Talvez, de uma contrarevolução socialista. Talvez de uma revolução diferente. Pensou consigo Zébodão!

Fazendo-se o balanço da experiência revolucionária socialista mundial iniciada com a publicação de “O Manifesto Comunista” de Heinrich Karl Marx em 1848, não há mais como defender-se a repetição da malsucedida experiência da ex-URSS União das Repúblicas Socialistas Soviéticas e de seus Satélites comunistas; mais ainda: as contrarrevoluções socialistas materializadas nas experiências inacabadas das Sociais-democracias e dos

Estados de Bem-estar Sociais.

Esse negócio que Zèbodão ouviu num discurso no Congresso Nacional começou a procurar os assessores para conseguir matéria sobre o estado de bem-estar social, que demônios eram aquelas palavras?

Começou a ler que se o materialismo histórico sepultou para sempre o Socialismo, aliás, com fora profetizado acidentalmente por Marx em 1848.

Então, só se pode concluir que o balanço da experiência da revolução da esquerda, no mundo inteiro, aponta para o fracasso da estratégia da revolução que conduziria ao comunismo, se fosse bem sucedida, a qual cumprira os objetivos-fases colimados por Marx:
Xiii, Zébodão acompanha o raciocínio, acendendo outro charuto, e lê passo a passo:

Superação da burguesia;
b) Implantação da Ditadura do Proletariado;
c) Fim da Luta-de-classes, Fim do Estado;
d) Implantação do comunismo anárquico.

I – Tese e Antítese

O que aconteceu?
Antes de tornar-se hoje uma classe (no sentido marxista de classes sociais) reacionária, a burguesia fora uma classe revolucionária. A burguesia fora uma classe revolucionária no Séc. XIV.
Revolucionou a História social ao superar e destruir toda a estrutura baseada na suserania e vassalagem

do Feudalismo.

Com o fim do Sistema socioeconômico Feudal, de toda a sua estrutura e superestrutura, sua organização e ideologia teocrática, substituídas pelas monarquias, e depois pelas repúblicas, para finalmente, serem substituídas pelo sistema de democracias capitalistas liberais de todo gênero.

Agora bateu as cinzas do charuto e falou,- ôpa, o que é e onde entre esse negócio de feudalismo?

O sistema Feudal de economia fechada e autóctone fora substituído a princípio pelo Mercantilismo e Colonialismo. Graças ao fenômeno do Renascimento.

Zébodão foi aprendendo passo a passo que o Mercantilismo Imperialista colonial foi superado pela Revolução Industrial, que inspirada pelo Iluminismo, tal qual o movimento de Renascença e do movimento Humanista antropocêntrico foram importantes para nortearem e superarem a Idade Média.

Isso Zébodão sabia que a Revolução Industrial abriu o seu caminho apoiado na Revolução Científica que se materializou em descobertas e invenções, como, por exemplo: as máquinas a vapor, a eletricidade, e o petróleo.

Com isto, esse ambiente antiparadigmático, positivista, tecnológico, ateísta, cético, libertário proporcionou a expansão demográfica, melhor seria dizer explosão demográfica e cultural, a urbanização, o nacionalismo, a criação de uma burguesia industrial e financeira que se uniu à burguesia comercial nascida antes, durante o Mercantilismo, consolidando o capitalismo-liberal-ocidental-democrático-cristão.

Muito mais que Zébodão ignorava que incorporando-se aos comerciantes e artesãos burgueses as novas categorias profissionais dos operários assalariados e camponeses formaram um complexo de mão de obra ao qual Marx chamou de proletariado, sumarizando-os em duas categorias analíticas dialeticamente opostas: proletários e capitalistas. Estava formado o par antitético fundamental da teoria marxista sobre o Capitalismo.

Isso significava que em oposição às relações feudalistas, as quais eram construídas pelas bases tradicionalistas de laços de lealdades e fidelidades primárias, estas novas classes marxistas criadas firmaram-se nas relações burocráticas baseadas em contratos de trabalho que não se sustentavam apenas na lealdade, nem em fidelidades, mas em obrigações, direitos e deveres estatuídos em leis entre os proletários e os capitalistas.

Podia então, Zébodão, concluir facilmente que para suportar tais contratos foi necessário reformular o arcabouço jurídico através da constituição de novas leis e de novas instâncias jurisdicionais: os tribunais de justiça dos Estados de Direito Laico nacionais e no foro internacional.

No diagnóstico marxista, os proletários eram vítimas da exploração assimétrica do capital pela classe burguesa. Em geral, os proletários assalariados deveriam libertar-se do jugo e do jogo de exploração da classe dominante. Caramba! Isso chocou Zébodão! É guerra ou conflito, quer dizer: a tal luta de classes?

Para sair desse impasse Zébodão conclui que a maior libertação do proletariado, nos dias atuais, é a consciência de classe autônoma, classe-para-si, com identidade de instituição.

A desvitimização do trabalhador agora livre de culpa da exploração capitalista, e libertos do estigma da exploração unilateral e inescrupulosa que não cabe mais nos dias atuais, através do contrato social, que fora insculpido nas leis sociais, deixando na retórica marxista antiga a vitimização dos coitadinhos, explorados e vítimas do capital e do sistema de exploração de mão de obra capitalista.

Zébodão conhece das mesas de negociação coletivas que o contrato de trabalho paternais os redimiu de culpa, estabilizou relações trabalhistas, através de mecanismos institucionais como: rede de proteção social, contrato coletivo de trabalho, substituto processual, associações de classe, sindicatos e federações de trabalhadores, partidos trabalhistas, amenizando, minimizando e atenuando a exploração em uma relação contratual menos assimétrica a ponto de atualmente a contrarreforma social-laboral discutir a redução dos ônus da mão de obra para os patrões e para o custo marginal dos produtos e serviços que demandam mão de obra. O trabalhador atualmente não é um mero insumo, e nem um objeto de consumo capitalista.

O Zébodão fez parte do papel do Estado que é cada vez mais é o de: estabilizar os contratos trabalhistas, fornecer a garantia das leis, exercer o monopólio da violência legítima através da coação e coerção, garantir os contratos.

Ao par disto, assumiu o Estado o papel de alavancar o desenvolvimento econômico e social, cuidando e garantindo o usufruto e a disponibilidade dos bens intangíveis, dos bens de mérito, dos bens de capital, dos investimentos trans-horizontes de retorno duvidoso, dos investimentos e empreendimentos economicamente inviáveis, porém necessários à nação, visando a distribuição social do acesso à saúde, educação, segurança, igualitarismo e justiça.

Somente precisava Zébodão ser convencido de que durante muitas décadas combateu-se o inimigo errado. Fruto do erro de diagnóstico. Nunca existiu o capitalismo internacional, nunca existiu o proletariado internacional, nem nacional.

E que nunca existiu a conspiração ou a orquestração capitalista contra a classe trabalhadora.

Ao invés disso, assistimos a uma competição feroz entre os capitalistas, competição intraclasse, extraclasse e interclassista.

Por quê os capitalistas do sistema financeiro são os algozes dos capitalistas industriais os quais reclamam eternamente da exploração dos banqueiros no fornecimento de garantias para o financiamento do capital de giro e do capital formador e indutor dos negócios? (investimentos e empreendimentos).

Zébodão sempre viu na sua jornada sindical que da mesma maneira que os industriais reclamam dos banqueiros, os comerciantes atacadistas reclamam eternamente da exploração dos contratos leoninos abusivos que os fabricantes lhes impõem.

Não escapou na sua lida sindical que os capitalistas descapitalizados reclamam, enquanto produtores isolados, da exploração que os atravessadores, na realidade, atacadistas ou intermediadores, que muito mais capitalizados, os submetem, reduzindo a sua autonomia administrativa.

Até os pequenos comerciantes e os consumidores, fragmentados e atomizados, dificilmente conseguem se impor às condições de aquisição de mercadorias no final da cadeia de produção e consumo desde a matéria prima até o produto acabado.

A maior confusão na cabeça de um bode é que assim, no topo da cadeia de produção capitalista figuram os banqueiros maiores, que tutelam os menores, que financiam e irrigam de capital monetário e creditício todos os elos da cadeia de produção e suprimento-consumo desde a concepção do negócio, passando pela matéria-prima até a pós-venda e o pós-consumo final.

Como foi possível se acreditar por tanto tempo na existência de um grupo monolítico, orquestrado e orquestrando, conspirando, conspurcando, organizando a expropriação capitalista com o objetivo de oprimir o proletariado?

Somente a paranoia marxista poderia produzir teoria tão prosaica e extravagantemente conspiratória, conspurcando a verdade e a lógica, atropelando a realidade dos fatos objetivos, sem nenhuma confirmação na História.

Como Zébodão acredita na honestidade de Heinrich Karl Marx, e em sua boa fé, apenas pode creditar tal comportamento do Mestre à sua ignorância com relação à Teoria dos Sistemas Gerais.
As três teorias conhecidas que tentaram explicar o mundo como um todo trabalham com cenários diferentes, e variáveis independentes idem.

Zébodão chega por diferentes caminhos às diferentes inferências: A Teoria do Sistema Mundo, de Immanuel Wallerstein, a Teoria do Imperialismo, de Rosa de Luxemburgo, e a sua variante, a Teoria da Dependência, de Faletto e Cardoso, e, a Teoria dos Sistemas Gerais, de Bertalanffy.

O que está em risco não é a classe trabalhadora, mas sim, o trabalho humano está ameaçado de superação pela tecnologia da Cibernética, da Informação e da robótica e máquinas inteligentes, segundo a previsão correta de Marx, porém antes disso se concretizar, o modo de produção capitalista financeiro-industrial deveria passar pela etapa da superação socialista, através da revolução do proletariado.

O que aconteceu de errado, ou de imprevisto, foi o fracasso da revolução socialista e com ela ficaram obsoletas, superadas e anacrônicas, consequentemente, inúteis as categorias analíticas ontológicas sobre as quais se constituíram o marxismo, que são: (seriam)

A Internacional capitalista;
b) A classe proletária;
c) A classe burguesa nacional e internacional;
d) A ditadura do proletariado.

Tais categorias analíticas ontológicas teóricas do marxismo não resistiram ao teste do materialismo histórico. Que importava isso tudo para Zébodão é que este esquema se ajustava perfeitamente ao seu trabalho e a sua posição social no sistema político e no seu esquema de pensamento suas atitudes foram perfeitamente recepcionados mesmo antes de ouvir falar em luta de classes, se era para lutar ele sabia que a luta pela sua sobrevivência nem precisava de justificativas filosóficas.

De uma certa forma ninguém jamais soube dizer quais eram as ideias de Zébodão, muita confusão em suas declarações misturando frases decoradas cujo sentido lhes escapava como escapam do debate infinito entre as correntes comunistas, as revisionais e as constantes divisões e cisões entre os próprios comunistas maoístas, titoístas, Rosa de Luxemburgo, stalinistas, leninistas, marxistas da primeira fase de Marx e da sua segunda fase revisionista, então quem se atreveria a desvendar a sabedoria ou empulhação contida em suas convicções e palavras desconexas?
Que importava se o conceito sociológico de classes estivesse subjacente ao conceito antropológico de instituição?
Ou que uma instituição social é um conjunto de expectativas de comportamento cognoscíveis?
Qual o sentido prático se as classes marxistas (classe proletária e burguesa) não se enquadram nesta categoria antropológica, nem no conceito de instituição.

Num discurso na Câmara certa vez Zébodão disse que: vivemos na Ibirapitanga de um momento que acredito ser o ponto de apogeu da tolerância máxima dos costumes mais incivilizados a que a sociedade já poderia suportar sem rupturas sociais.

Tudo no Ibirapitanga é permitido. Vivemos um momento de maior distensão dos costumes e vícios como nunca antes a sociedade ibirapitanga dos centros urbanos jamais experimentou em tal intensidade e abrangência.

Nesta quadra histórica tudo tem de ser permitido. Proibir é o maior castigo que se pode impingir ao cidadão.

Zébodão desenvolveu a intuição de que este é o resultado do pêndulo do vai-e-vem alternando períodos que periodicamente experimenta a sociedade humana ao longo da sua História social.

Todos vimos alternarem-se os períodos de total amplitude de liberdade de ideologias, como no período dos filósofos gregos, então a reação contrária ao excesso de liberdade de pensamento e comportamento social veio o período de total controle social, moral, ético, religioso, filosófico que foram os 1000 anos da Idade Média.

O resultado deste período de fechamento foi consequentemente a abertura produzida pela Renascença, que tratou no período seguinte de se contrapor ao fechamento, ao processo de submersão e de concentração-centralizada da Igreja sobre a vida dos seres humanos submetidos àquela ordem fechada e rigorosa, onde todos os setores da vida humana estavam submetidos aos estatutos religiosos: a música em uníssono; às artes, permitidos apenas temas religiosos e sem cores, apenas em preto e cinza; às ciências totalmente submetidas aos inquisidores; às regras comerciais e financeiras, ao comércio totalmente fechado e incipiente, confinando a vida aos feudos sob a suzerania dos senhores feudais e estes aos bispos e à hierarquia católica; assim, a verdadeira abertura que representou o fim do Feudalismo e do Medievalismo foi a revolução que eclodiu e explodiu os fundamentos da crença religiosa hegemônica que abriu politicamente, moralmente, culturalmente, cientificamente e economicamente o mundo ocidental para a revolução burguesa e para o fim de uma ordem mundial religiosa para uma nova ordem mundial ateísta, científica, mundana, humanista e capitalista. O feudalismo foi o comunismo cristão, o teocomunismo.

Zébodão pode sentir nesta época o limiar da liberdade máxima de costumes até onde pode experimentar o espírito livre de regras a não ser as regras ditadas pela liberdade de agir e pensar que o ser humano jamais pode conceber sem medos de quebrar e romper todos os mitos e tradições, onde o espírito humano pode experimentar tudo, de todas as formas concebíveis de se experimentar todas as sensações, desejos, vontade, liberdade, ideologia, comportamento e regras como jamais sonharam nossos ancestrais.

O resultado ou a resultante deste excesso que se avizinha, por uma quase lei-do-retorno eterno é que o limite do excesso de liberdade é a atração pela irresistível volta do conservadorismo, e as razões para isto é que a liberdade em excesso está destruindo os fundamentos do direito á liberdade.

Zébodão filosofando sobre liberdade

Liberdade em excesso destrói as condições do próprio exercício da liberdade.

Liberdade absoluta gera a destruição do direito à liberdade, pois não respeita os limites que não são reconhecidos para a liberdade em si.

A referência para o usufruto da liberdade é a sua falta ou o seu cerceamento. Sem limites a liberdade fica sem um referencial logo não pode ser percebida como liberdade uma vez que a liberdade se opõe aos limites e regras.

A liberdade sem limites não se realiza como tal, uma vez que nada se opõe a si, logo liberdade sem restrição não permite o seu exercício pleno uma vez que não encontra a sua contrapartida que seria a restrição ou o limite.

A liberdade é apenas a necessidade de romper limites e restrição. Sem limites e restrições não pode existir liberdade de ser livre quando nada é proibido.

Assim, a sociedade perde a noção e a necessidade de ser livre e a consequência é o desejo de construir barreiras ao exercício da liberdade para poder excedê-la.

Quando isto ocorre então se começa a experimentar a nostalgia da antiliberdade.

Este novo sentimento novo começa a seduzir os membros do grupo social como algo novo e novamente fascinante que é construir regras para depois burlá-las.

Assim, não escapou a observação ao Zébodão de que recomeça-se a guerra entre os libertários e os organizadores. Uns tentando sentir novos desejos e novas experiências em um novo mundo regulado, ordenado, organizado, planejado, previsível, restrito, e o velho mundo ainda perdido na antiga liberdade total, na total anarquia, na total falta de limites, mergulhada na total desestruturação onde a civilização sepultou toda forma de organização social, divisão de tarefas e trabalho social, religião, regras, leis, fronteiras, limites, perspectivas, economia, sustentabilidade social, enfim, qualquer resquício de civilização para começar tudo de novo.

Sem que percebamos estamos começando o mergulho no mundo sem ordem social. Abolimos algumas regras onde tornamos alienados de obrigações sociais, civis, econômicas, morais, científicas e religiosas os índios, as crianças, os velhos, as mulheres, os homossexuais e os tornamos relativamente capazes, relativamente tutelados pelo Estado.

Assim, criando guetos e exceções nas obrigações legais, abrimos exceções para privilegiar alguns grupos, como na criação de privilégios compensatórios para os afrodescendentes, para os despossuídos, para os sem-terra, para os sem-tetos, para os viciados em drogas estupefacientes, para as mulheres, para as crianças, para os idosos, para os deficientes físicos, enfim transformamos a sociedade em facções recheadas de particularidades e privilégios e criamos guetos de discórdia e privilégios enquanto acreditávamos estar pacificando a sociedade através da ideologia do igualitarismo de chegada.

Desde o cristianismo nunca a ideologia igualitarista fora transformada em estratégia e tragédia social da engenharia política com todas as consequências que isto poderia causar. Era a chance para revolucionários como Zébodão agir como agitador profissional.

Depois das ideias cristãs de igualdade, vieram as ideias comunistas nos falanstérios, depois vieram as sociais-democracias, o estado-do-bem-estar-social, depois o estatocentrismo, depois o estado empresário, depois a responsabilidade social, e por fim, a justiça social.

Enfim, vieram os ecologistas, que igualaram os direitos humanos aos direitos dos animais, das plantas, da natureza, criaram a ideia do crime contra a natureza, crime contra a pureza da ordem social. Tudo que o Zébodão precisava estava na mesa todas as ferramentas para inverter o regime político e econômico.

Todo o comportamento humano foi criminalizado; para fugir ao controle estatal foram criadas estratégias para o combate e a fiscalização de estatutos cada vez mais restritivos à ação humana contra a liberdade da natureza.

Ao par disso, todas as regras morais foram corrompidas por que tinha um grande defeito: eram antigas!

Tudo que era antigo, que era passado estava condenado a ser rompido, corrompido e modificado.

Nesta contradição entre a criminalização do comportamento social anterior à nova era de libertação do ser humano de todas as regras antigas, das novas regras irracionais então criadas, pareceu que de tão esdrúxulas as novas regras já nasceram para serem violadas.

Estas enormes possibilidades de se violarem regras impossíveis de serem observadas induziram-nos ao extermínio da ordem social por completo.

Que culpa teria Zébodão se se poderia conceber legalmente e imaginar que um adulto de 16 anos de idade está proibido de exercer a sua maturidade genética e animal abstendo-se de relação sexual com alguém mais velho? Sendo ao mesmo tempo relativamente incapaz de responder em sua plenitude por seus atos civis?

Obviamente, esta nova ordem de valores em um mundo sem valores morais apenas serviu para confundir e criar o ambiente para a criminalização da conduta humana por completo! Zébodão apenas surfou essa onda.

Transformando todos em potenciais delinquentes e criminosos, estavam cridas as condições objetivas e subjetivas para a completa subversão da ordem social.

Qualquer um poderia subverter a ordem social e legal, por menor que fossem os atos sociais. Tudo conspirava para transformar todo ser adulto em delinquente. Transformar todo adolescente e criança em um ser em conflito permanente com as leis e com a sociedade.

As oportunidades dadas para a burla são abundantes. Não existe forma de se deixar de se cometer qualquer delito em um prazo de 24 horas. Ninguém escapa do ato criminoso.

Todos somos delinquentes. Do homem que assedia a mulher, ao pedófilo que admira a Lolita. Tudo é crime.

Dos pais que não podem mais admoestar e incomodar os seus filhos sem cometer crime, ao professor que não pode desagradar aos infantes na sala de aula.

O Estado extraiu a adjudicação da autoridade paterna, docente, jacente aos adultos e desautorizou os cidadãos de qualquer direito de competir com ele no exercício da autoridade.

Extrapolando este mundo de anarquia moral e de completa falta de hierarquia social, foram se erodindo os princípios morais, tradicionais e religiosos. Já não contam mais os costumes discretos neste vale tudo onde programas de televisão mostram casais coabitando debaixo de mesas, sob os edredons, fornicando apenas para exercitarem a vaidade e a capacidade de seduzir.

O sexo é elevado à categoria máxima dentre os dos instintos mais animalescos sem o manto do romantismo sem um compromisso mais longo consequente.

Que nada, para o consolo dos bodes, vale que os humanos pensam que são apenas uma pilha de instintos selvagens que servimos apenas à evolução da espécie no sentido literalmente darwiniano da escala da evolução genética. Apenas animais em evolução como todas as outras espécies.

Para que disfarçar a verdadeira motivação das intenções humanas! Vamos à festa dos instintos carnais sem moderação!

Este convite ao mundo dos instintos deve levar aos estímulos de todos os sentidos amplificados pelas drogas excitantes, estupefacientes onde o limite do prazer deve sempre ser superado, ultrapassado sem limites, pois o ser humano merece estender até o infinito as suas necessidades de prazer e de experimentar os limites dos sentidos.

A falta de limites destrói a própria liberdade porque o conceito de liberdade não é um conceito autônomo.

Liberdade existe apenas para se contrapor às restrições.

Não se exerce a liberdade no vazio de limites.

Sem o contraste da restrição à liberdade não existe liberdade.

A liberdade é um conceito dependente e dialético.

Não existe liberdade em absoluto.

Não se percebe a liberdade em um ambiente libertário.

Capítulo IV

Zébodão gostava de contar que um peixe nunca saberá o que é a água a não ser que seja retirado dela para o ar ou para a terra.

A liberdade só pode ser sentida e percebida quando se não tem liberdade, como um peixe que só percebe que vive na água quando retirado da água, e a falta que a água faz para si.

Um bode não sabia que não podia falar, nem sabia sua condição de bode até ser despertado de sua condição animal. Não sabia que era liberdade.

A liberdade não existe no abstrato, nem existe no absoluto. Para existir a liberdade tem que existir a restrição à liberdade. A liberdade é exercida apenas contra a sua restrição.

Para existir a liberdade há que existir a ordem, a regra, a hierarquia, o controle, a restrição. Sem estes elementos não faz sentido se falar em liberdade.

Assim a liberdade irrestrita destrói as condições de sua própria existência.

Zébodão descobre que a liberdade é a faculdade de se abster de cumprir alguma obrigação ou dever social, moral, civil, religioso, científico, sentimental, sexual, esportivo, artístico, econômico, político, intelectual, contratual e qualquer outra expectativa social ou pessoal. Diga a um b.de das coisas que ele não sabe nem pode fazer, como falar como humano, por exemplo.

Se não existirem estas obrigações, deveres e expectativas a serem observados, então não existe a liberdade.

Você deixa de ser um bode quando sabe que é um bode.

A maior liberdade é a faculdade de se estabelecer a liberdade em uma regra para se poder ter o direito de não exercê-la: a liberdade de não gozá-la, quando é oferecida, é a maior de todas as provas de ser livre.

Não é do mau caráter reconhecimento de apenas defeitos nos adversários, nem transformá-los em inimigos.

O comunismo soviético e chinês fez coisas extraordinárias que nenhum capitalismo conseguiu ou conseguirá, por causa de certos parâmetros políticos inexoravelmente imanentes e exclusivos do sistema que não podem ser reproduzidos no liberal capitalismo plebiscitário.

Zébodão percebeu que o principal erro doutrinário do comunismo foi a sua soberba intelectual e doutrinária que se arrogou de totalitarismo que não exclui nada de sua tutela intelectual.

Quis abolir a moral, a religião, a cultura, a ciência, o estado, a família, e substiuí-los pelo seu padrão inédito.

A arrogância derrotou o comunismo.

Não existe nação sem heróis;

Não existe ciência sem resposta para tudo;

Não existe religião sem milagres;

Não existe filosofia sem abstrações ambíguas;

Não existe civilização sem tradição;

Não existe cultura sem mitos;

Não existe história sem epopeia

Não existe ideologia sem farisaísmo.

Inacreditável voltamos à escravidão.

Começou com os pecadores.

Aí, vítimas do pecado precisando da salvação da alma perdida.

Aí veio o escravo precisando de livramento.

Depois veio o povo oprimido pela escravidão que foi libertado do cativeiro cruel.

Então foram as prostitutas desprezadas e apedrejadas que foram perdoadas de seus pecados pois não atiraram a primeira pedra.

Os oprimidos foram aumentando a lista.

Os leprosos já não eram mais segregados nem os gentios.

As mulheres eram desprezadas formando uma minoria imensa com os estrangeiros e os pobres.

Então tinham os servos, e os pobres, e os órfãos, os idosos, os enfermos crônicos, as criancinhas, os negros, os homossexuais, os sem teto, os excluídos, os perseguidos políticos, os nordestinos, os analfabetos, e os bodes, então a sociedade percebeu que a lista dos perseguidos e dos carentes era interminável.

O que fez para resolver tanta carência?

Inventou a ideologia do gênero,

do feminismo,

do machismo,

do comunismo,

do excluído,

do politicamente correto,

do igualitarismo,

do assembleismo,

todo tipo de vitimismo

e populismo,

caudilhismo,

protecionismo,

coitadismo obcecado pela ideia de culpa e castigo,

vieram a

islamofobia,

o sionismo,

fascismo,

nazismo,

castrismo,

nacionalismo,

bolivarianismo,

lulisno,

varguismo,

direitos humanos,

ambientalismo,

ecologismo,

veganismo,

cristianismo,

budismo

e toda forma de autismo intelectual e moral, e formas discriminatórias de privilégios compensatórios.

Zébodão sempre foi fã das aulas de física e de química, quando era bodinho seu sonho era ser engenheiro espacial ou astronáutica.

Mas sempre foi fascinado pelo estudo de história e geografia.

O ensino da história tem suas sérias limitações que eu já estava ciente desde a minha infância.

O ensino de geografia atual foi sequestrado pelos dois piores tipos de militantes políticos que jamais se apoiam em conhecimento científico para poder alardear catástrofes marxistas para chantagear a população e os políticos com as suas previsões que na verdade são apenas profecias de caos e catástrofes inverossímeis.

Tão previsíveis quanto um terremoto, inundações, tsunami e explosões vulcânicas.

A história é apenas uma fração dos fatos cujo critério de registro é a sua relevância para a posteridade.

Os problemas para os historiadores e historiografia é descobrir o que é relevante para quem, para quê e por quê.

Fatos e atos históricos são narrados nos noticiários sem parar, e a polêmica em torno disso nos faz acreditar que com toda a capacidade de gerar discussão ainda assim os fatos são apenas versões acordadas e consensos da realidade múltipla e subjacente por isso sempre sujeita a diversidade de leituras de acordo com a teleologia da classe intelectual hegemônica.

Nunca saberemos os fatos reais do onze de setembro de 2001; nunca saberemos da copa do mundo de 2014 do blackout da seleção Ibirapitanga; nunca saberemos da queda de Saddan Hussein e de kadaffi.

São apenas versões de pós verdades.

A geografia imersa em mensagens e catequização comunista sobre um mundo desigual e injusto, onde tudo está mal distribuído injustamente, onde um único país possui um terço das reservas de petróleo, o outro possui noventa por cento da terras raras ou de nióbio, outro é rico demais economicamente e outro somente miséria assim nesse mundinho certinho não existiriam o Himalaia porque é alto demais, inacessível para as criancinhas pobres ganenses poderem brincar e o Saara sem água para plantar arroz.

Que horror! As ideologias que querem nivelar todo o universo jamais vão entender que para ter um planeta habitável precisa de uma estrela que parece um inferno! Bem no céu.

Existe instituições cem por cento humanas, civilizadoras, e outras instituições selvagens, naturais comuns entre os humanos e espécies animais não humanas.

O amor é um comportamento lindo encontrado nas espécies que vivem monogamicamente como o casal de cisnes.

O papai pinguim sempre encontra os seus filhos dentre milhares de pinguins quando volta do mar trazendo a comida para sustentar seus filhotes.

Portanto, o amor e o sexo não são comportamentos humanizadores.

As abelhas constituem sociedades com dezenas de milhares de indivíduos, com uma rainha, locados em soldados, operárias e zangões reprodutores.

Formar uma sociedade não é um privilégio da habilidade humana.

Golfinhos formam famílias com regras sociais e éticas onde um membro pode ser afastado ou morto por assédio a outros membros.

As instituições exclusivamente humanas jamais encontradas fora dos seres humanos são exclusivamente a ciência, filosofia, religião, já que as artes e o canto da música se encontram presentes em outras espécies não humanas.

Conclusão:

Não é natural a prática social da política, da sociedade, da família, do amor e do sexo, são ativismos das espécies animais.

Não somos naturalmente e exclusivamente animais políticos por escolha ou evolução intelectual.

Política é uma contingência animal social.

Ao contrário do que teorizou Aristóteles, o homem não é um animal político. A política é um atavismo animal selvagem ainda não domesticado.

Não é o momento apropriado para nos dispensarmos.

A civilização está se desfazendo.

Os nossos inimigos quase nos derrotaram.

São os inimigos da tradição da nossa civilização.

O comunismo foi encurralado, mas, resiste vivo como um vírus atenuado, enrustido, recolhido, hibernando à espera da sua melhor chance que sem dúvida são os momentos de crise de penúria financeira para iludir as multidões com a falsa saída mágica e desesperada.

O comunismo é uma escravidão sórdida de uma elite política sobre toda população, totalitária e impiedosa.

A segunda ameaça é a cocaína, e seus equivalentes, o crack, a heroína e o êxtase e seus equivalentes respectivos.

Juntamente com o álcool fornecem o anestésico para as agruras diárias. O problema das drogas ilícitas e daquelas drogas lícitas é a adicção.

Elas viciam e produzem a dependência e a decadência moral e física.

Não fosse isso seria o paraíso na terra prometida.

Então vem a terceira praga moderna que é a autoextinção da nossa espécie humana deliberadamente executada.

As pessoas não estão se reproduzindo.

E o pior: estão se suicidando.

Países aboliram o casamento, substituído por uniões casuais, e casais homossexuais, chamados juridicamente de homoafetivos antes de serem constitucionais, por decisão incidental dos juízes do STF, sem respeitar a casa que faz as leis do País.

Assim, devemos unir as nossas forças sobre todas as divergências doutrinárias cristãs para salvação da humanidade que ainda resta.

Falando sério.

Até Zébodão quis saber qual foi a base empírica e estatística das construções dos imperativos categóricos destas teses econômicas e as bases históricas sobre as origens do capital que justificam a tese do roubo?

Zébodão gosta de discutir as bases dos impérios ao longo da história e as espoliações e despojos tanto quanto na escravidão e a servidão feudal.

Caso a caso precisou-se de investimentos em tecnologia bélica e muita logística.

Matemática e táticas tudo lastreado sobre o estado básico da arte vigente.

Conhecimento avançado de metalurgia.

Conhecimento avançado em topografia e meteorológicos.

Navegação e engenharia naval.

Basicamente simplesmente no fundo até Zébodão não acredita na redução de todos os problemas a questão da luta de classes não explica nada.

Tema estudado desde Platão, a necessidade humana de proteger seus bens e a rés pública.

A rua é de todos.

O ar é bem comum coletivo.

Eu cuido daquilo que me pertence, no máximo, estendendo os cuidados até o domínio dos filhos e netos quanto à propriedades imobiliária, a lei se preocupa quando o assunto é herança dos bens.

Já no que diz respeito aos bens públicos, aquilo que pertence a todos não pertence a ninguém, por isso meu dever não inclui limpar as ruas nem sair de casa para taparmos os buracos da estrada, porém, quando colocamos nosso carro na rua, nessa mesma estrada, queremos que os demais motoristas saiam de nosso caminho e não aceitamos que nos atrapalhe porque a nossa base age como se fosse exclusivo e não bem comum.

Esse é o paradoxo do socialismo.

O buraco é mais embaixo.

Sempre vai existir uma brecha para a tentação da solução imediata, como, por exemplo, o comunismo.

Sabemos dos problemas e limites do liberalismo, do mercado, da democracia. Sabemos das limitações do comunismo também.

Não dá para termos a desonestidade intelectual e o vício moral de fazermos um debate parcial e tendencioso.

A virtualidade da economia não foi uma invenção do Zébodão nem a Física Quântica.

A Física Quântica descortinou para surpresa de ninguém menos que o físico Einstein uma realidade que não pode ser explicada pelo senso comum.

Apenas aceita sem demonstrar e sem explicação.

É exclusivamente de natureza descritível.

Dito isso, qual não fora a surpresa dos reguladores da Economia ao constatarem no século vinte que as organizações que funcionam como caixa de depósito criam dinheiro virtual contábil!

Do mesmo modo que toda propriedade é uma instituição Virtual que se transforma no tempo indeterminado.

Zébodão dizia que uma posse termina pela morte do proprietário, ou pela deterioração, pela venda, pela expropriação, pela perda do valor de mercado ou pela perda do valor da utilidade.

Assim, como um automóvel que acabou de deixar a loja onde foi adquirido começa a adicionar valor ao fazer circular dinheiro com as despesas geradas que vão alimentar o mercado de autopeças, combustível, estacionamento pago, lubrificantes, pneus, asfalto, transferência, assim por diante.

Cria externalidades exógenas que chamamos valores agregados, cria moeda virtual como fazem os bancos.

Assim, podemos descrever este processo de sinestesia e sinergia econômica como uma economia virtualizada.

Essa visão da economia é tão recente que ainda não foi compreendida pelos estudiosos das moedas criptogamas como o Bitcoin que Zébodão anda falando em seus discursos e comícios.

Vivemos um novo cenário de um tipo ainda não dominante de guerra.

O tipo de guerra subliminar.

Esta nova arma de guerra foi cuidadosamente estudada e criada pelo pensador comunista chamado Gramsci, o cenário de disputas predileto de Zébodão, a argumentação verbal.

É aquela tática de repetir o argumento aparentemente ilógico e nisso o nosso Zébodão é muito bom.

Pela estupefação que causa da redução ao absurdo, produz o choque pela violação psíquica reduzindo as defesas mental e psicológica pelo efeito da paralisação diante do paradoxo prolixo repetitivo incansável da verborragia abundante e paradigmática.

Então, os sofistas usam da paralogia para conduzir seus argumentos através de um elenco sofístico provocando a contradição pela redarguição do orador impertinente.

Esta guerra de palavras usa da dicção da grita sem se importar com os argumentos, e Zébodão nem precisou inventar esses recursos e armas de oratória.

Até levar o interlocutor e a plateia à exaustão.

Então passa a incorporação dos argumentos contrários do próprio adversário para repetições de sua verbosidade erística agora sem resistência e sem o bloqueio intelectual anestesiado.

Parece um truísmo que para o Zébodão o universo seja complexo e ao mesmo tempo inteligente; podemos separar esses dois atributos e examinarmos cada um deles na perspectiva dialética.

O conhecimento do Zébodão fica perplexo diante da complexidade e da dimensão do universo.

Parece que nada de errado ou imperfeito acontece ali, parece que tudo ali está conectado e sincronizado.

Uma olhada mais acurada mostra também o caos que é o universo: explosões, destruições, colisões, dispersões, fusões, fissões e criações de novos universos.

Parece que tudo ali é permitido, e nós com as nossas leis universais sobre o universo, forças gravitacionais, leis das cordas, eletromagnetismo, fotônica, teorias do tempo, buracos negros, assim a nossa única esperança de entendermos o universo está confiada à lei do acaso.

Todas as vezes que nos deparamos com um fenômeno complexo apelamos para o acaso.

A teoria do acaso é tomada emprestada em quase todos os ramos do conhecimento humano, a partir da Matemática humana que não tem instrumentos para lidar com mais de três variáveis simultaneamente, não consegue equacionar um sistema de equações com mais de três equações independentes, não consegue solucionar uma equação com grau superior ao terceiro, não consegue resolver equações maior do que a integral tripla, assim o universo que foge ao nosso controle é muito maior do que aquilo que Zébodão conseguiria controlar.

Nesse ambiente de incertezas as teorias que apostam no acaso ganham em charme e preferência de Zébodão; no campo político as teorias frouxas, ortodoxas e flexíveis conseguem sobreviver porque conseguem se adaptar às circunstâncias fortuitas, na verdade, elas não se adaptam, possuem vazios que podem ser preenchidos com qualquer coisa que diga o Zébodão.

Estamos assistindo no início do séc. XXI, final de séc. XX uma mudança político-econômica que está sendo interpretada pelos diversos setores do estudo sócio-político como o início de uma nova era, para uns, como um retrocesso ao liberalismo mais radical, e para o terceiro grupo como o começo de um processo tão novo que não tivemos tempo para entendê-lo.

Como sempre acontece, os conservadores estão em vantagem: todas as vezes que ocorre uma mudança o nosso medo nos faz apegar-nos às coisas que conhecemos; os conservadores apelam para o medo do desconhecido, para os riscos de uma empreitada nova e o nosso conservadorismo nos impede de dar um passo arriscado, então nos parece que a melhor decisão é deixar os riscos para os outros.

O custo de participação nós deixamos para os pioneiros, porque os dividendos serão partilhados de forma universal, caso o empreendimento seja bem-sucedido.

Nesse momento de mudanças políticas chegaram a chamar a nova era de neoliberalismo.

Pode ser excesso de cautela, mas, certamente, os dialéticos diriam que: nada se repete, tudo muda constantemente; que é das contradições internas que nascem as mudanças; uma nova síntese então está sendo gestada das contradições internas do embate entre o socialismo e o liberalismo; para haver o salto qualitativo tem que haver uma acumulação crítica de eventos quantitativamente que possam possibilitar este salto qualitativo; e por fim, nada pode ser destacado e isolado, tudo está ligado a tudo; da ideia de totalidade vem a compreensão do particular a partir do todo.

O discurso decorado sempre na ponta da língua do Zébodão dizia e repetia que passados os primeiros momentos depois da Queda do Muro de Berlim, da Perestroika, da Glasnost, do 11 de setembro de 2001, passados os momentos de certeza com relação aos novos blocos econômicos, das certezas da falência do Estado, da reafirmação da supremacia do mercado, estamos frustrados diante das velhas certezas; elas ruíram com a mesma velocidade com que nos foram convictamente asseguradas: os baixos salários e a flexibilização das relações legais de trabalho, o massacre e a destruição das convenções trabalhistas, a desmoralização e a perseguição das lideranças sindicalistas, nada disso criou novos postos de trabalho, todos viram despencarem as oportunidades de trabalho, o desemprego aumentou, as empresas transformaram a mão-de-obra em um produto descartável, porque os novos processos conspiram contra a utilização do trabalho humano, através de novos processos de administração da produção, com por exemplo, o toyotismo, como a robótica, e a nova distribuição internacional do trabalho, entre a criação e a execução em nível geográfico.

Zébodão era capaz de perceber que as reformas neoliberais de minimização do Estado, a redução dos quadros, a redução da função empresarial do Estado, as privatizações e as terceirizações ou seja: a desoneração do Estado não resultou nem na diminuição dos gastos do estado, nem da sua maior eficiência, e o pior: não reduziu o déficit público.

Zébodão acreditava que a prenunciada morte do Estado não evitou que a maior prova da intervenção do Estado na macro-economia novamente desmentisse todo o credo neoliberal de sua inutilidade no mercado; não existe intervenção maior do Estado na economia do que a guerra, simplesmente porque não existe guerra privada, toda guerra é estatal, e o que vemos acontecer no mundo senão guerras para mudar aquilo que a competição de mercado não conseguiu modificar, na política, na cultura, na religião, na economia e na sociedade.

Tudo que se esperava do novo Estado neoliberal foi acontecendo no sentido inverso.

Com relação à globalização dizia Zébodão que, as relações entre os estados tornaram-se perigosamente protecionistas, os nacionais tornaram-se mais importantes simplesmente porque a globalização da economia aconteceu entre as filiais da empresas transnacionais e não entre as sociedades.

Zébodão achava que a globalização favoreceu extraordinariamente ao capital financeiro, em detrimento do capital produtivo e reprodutivo e esta distorção foi sentida agora depois dos gigantescos desastres sistêmicos de:

Rússia,

Argentina,

México,

Coreia,

Japão,

Indonésia.

Zébodão dizia que o capital especulativo de motel ficou de tocaia esperando que um a um os países sequiosos por dinheiro quente para cobrir as suas diferenças de balanço de pagamentos causadas pelo mergulho cego na globalização, convencidos que foram os países do terceiro mundo do credo neoliberalista, ingenuamente, assim tiveram que desviar o orçamento dos gastos sociais para remunerar os capitais de aluguel, assim vimos a deterioração social crescer rapidamente nestes países: gangsterismo, sequestros, contrabando, tráfico de drogas, assaltos, corrupção, desvios, falta de assistência médica, escolas deterioradas, policiamento desmantelado, serviços públicos sucatados, este é o balanço do salto no escuro para trás, justamente quando faltou compreensão de que a nova mudança não é um salto para trás: mudanças bem sucedidas são feitas para frente, para o novo e não para o velho.

O sistema mundo é complexo demais para ser dirigido com os olhos no retrovisor, Zébodão prometia soluções novas para um mundo novo na nova era, porque os problemas complexos exigem soluções complexas, as soluções do passado serviriam para os problemas do passado que eram menos complexos que os problemas do mundo de hoje.

O universo é por demais complexo para imaginarmos que todas as soluções estão esgotadas; o fato de estarmos numa encruzilhada do tempo nos obriga a pensar olhando para o passado no sentido de não o repetirmos, mas para tirar lições dele e prosseguir na busca de soluções novas para um mundo novo e cada vez mais complexo.

Talvez essas soluções já existam, talvez nos falte coragem para acreditar nelas.

Não custa tentar. Lema de Zébodão.

Ao contrário do discurso triunfalista de Obama, a pujança da América não é fruto nem da sociedade, nem do governo nem do sistema.

Todos grandes feitos da tecnologia foram produzidos pela contra-cultura marginal pelas mãos de jovens pobres, nerds e não graduados. Os Zébodinhos americanos.

Estou falando dos gigantes da tecnologia:

Microsoft;

Apple;

Google;

Facebook;

Intel.

Todas nascidas no fundo de garagem sem fundos empresariais e sem conhecimento de administração de Harvard ou das aulas de planejamento de Yale. E tem Ford, Rockefeller, Howard Hugghes... Stanford, Yale, Harvard, UCLA.

Já perceberam que as grandes empresas multinacionais e transacionais só recrutam executivo provindo dessas grandes universidades para dirigentes de empresas que fazem sucesso justamente porque foram fundadas por pessoas que não se formaram ou que não estudaram nessas universidades de elite! Deu bode!

Neomercantilismo Neofeudal

Estamos retornando a uma era da qual nunca evoluímos, refira-se ao Mercantilismo, com todas as suas nuances formais e materiais.

Foi um sistema econômico e um regime político em que os princípios de reserva de mercado da produção medieval, e, de reserva de mercado de mão-de-obra de trabalho das guildas, e, de reserva de mercado da comercialização eram estabelecidos e garantidos pelas ligas comerciais transnacionais e trans-feudais que se combinavam com as reservas de mercado das organizações das guildas dos produtores de artesanatos como hoje se percebe em certos postos de serviços públicos, como as modernas espécies de reserva de mercado garantidas pelas modalidades de concessões e as permissões para taxistas e advogados, reservas de mercado para operarem redes de postos de gasolina, ou reservas de mercado de permissões para transporte de massa terrestres, aéreos e navais concedidos ainda por permissão e concessão dos Estados, para pretensamente regulamentarem os serviços e produtos como se vê na reserva de mercado para as atividades de rádio difusão e teledifusão através de ondas eletromagnéticas, estes monopólios e oligopólios estendem-se para setores de reserva de mercado de energia elétrica, água e esgoto sanitário, urânio, e alguns minerais e minérios estratégicos para o Estado.

Ainda fazem parte da reserva de mercado estatal: a justiça, as forças militares e o controle monetário nacional.

Como se vê, a livre iniciativa comercial, industrial, financeira e de serviços sempre estiveram de alguma forma cerceados ou pelos Estados nacionais, reinos, feudos, governos, sindicatos em forma de ligas de comerciantes ou de guildas de profissionais, cada vez que se tenta liberar uma atividade logo surgem duas outras condicionadas aos interesses de setores de reserva de mercado dos interesses monopolistas e oligopolistas.

Liberalismo é a maior utopia ainda tentada pela realidade da civilização humana terrestre não concretizada.

Sempre vai haver grupos tentando se proteger e tornar exclusivo a sua fonte de riqueza e de poder para si e para o seu grupo privadamente.

Grandes exemplos que costumam ser lembrados escondem do grande público aqueles que são secretos e preferiram se ocultar da sociedade e do mundo, como pode ser vista claramente a OPEP que se expõe publicamente, ao contrário de outras organizações que não se enxergam claramente como, por exemplo, os grandes players das bolsas de valores, fundos de pensão, carteis automobilísticos, carteis de periferias de fabricantes de autopeças, oligopólios de motores adiabáticos, cinco ou sete em todo o mundo, oligopólios de pneumáticos (Goodyear, Pirelli, Firestone, Goodritch, Continental, Yokohama, Michellin, Bridgestone, Dunlop, Kumho, Hankook, Uniroyal, Toyo), sistemas operacionais para celulares, computadores grandes, médios e portáteis, tablets, telas de celulares de TFT, Led, Cristal-líquido, são monopólios invisíveis e discretos, programas e sistemas de redes sociais pela internet, a própria internet padrão único mundial sem concorrentes e sem similar no mundo.

Neste momento um grande movimento mundial quer abolir os motores a combustão interna movido a combustíveis fósseis orgânicos derivados do petróleo, nações estão com data marcada para encerrarem as produções de automóveis movidos a gasolina tais como: a Suécia, França, Alemanha e Japão já se decidiram pelo fim deste tipo de veículo.

No Ibirapitanga a enorme confusão da Petrobira, que vende a gasolina e o seu alternativo o combustível álcool sem entender e deixar claro como pode vender dois produtos alternativos e mutuamente excludentes, precisa seguir uma orientação neste momento se deseja produzir ou vender apenas um deles, ou o combustível fóssil ou o álcool renovável e biosustentável.

Zébodão sempre fala que em pouco mais de cinco décadas não haverá mais interesse político pelo petróleo fóssil, embora ainda não se apresente no horizonte o seu substituto para a indústria de carboquímica e petroquímica para os derivados orgânicos que hoje são obtidos do petróleo, mas certamente o setor da indústria do petróleo está politicamente condenado à extinção.

Os produtos cartelizados de hoje: começam pelos

cartões de créditos,

sistemas operacionais de celulares e de notebooks, (Windows, Linux, IOS, Androide, W-CE),

moeda internacional (dólar, Euro),

microprocessadores,

pneus,

vidros planos,

aeronaves,

helicópteros,

reatores nucleares,

motores foguetes,

turborreatores,

turbinas,

foguetes,

radares AESA PAESA,

metais especiais (nióbio, tungstênio, Háfnio, terras raras),

petróleo e gás combustível,

portos e aeroportos,

petroquímica,

automóveis,

celulares,

satélites,

soja,

trigo,

milho,

minério de ferro,

minério de alumínio,

instrumentos médicos,

instrumentos científicos,

cibertecnologia,

artefatos nucleares,

diamantes,

compressores adiabáticos,

café,

cocaína,

papel,

chocolate,

cerveja,

açúcar,

cinema,

notícias,

religião,

música pop,

nunca vão deixar de serem produtos exclusivos dos carteis do mundo neomercantilista e neofeudal.

Capítulo V

A CPMI

Estava tudo correndo muito bem na vida de Zébodão, finalmente um bode na presidência da República de Ibirapitanga.

O inferno de Zébodão começou

O Fato Determinado

A CPMI dos Carretos foi deflagrada a partir de uma matéria intitulada "O Homem Chave do PTI" publicada na Revista Olhar nº1905 de 18 de maio de 2005, em que o Sr. Martírio Maurin, chefe do Departamento de Contratações da EC aparecia na foto recebendo R$ 3.000,00 de pagamento não identificado e se dizia representante dos interesses escusos do Presidente do Partido Tirania Ibirapitanga - PTI, Deputado Federal Roberio Jeffe, da base do Governo do Presidente da República, Zébodão.

Zébodão estava numa encruzilhada, poderia admitir tudo e pedir desculpas, poderia negar e continuar sendo diariamente ser destruído pela mídia espetacularesca.

Decidiu lutar e acompanhar cada passo de seu martírio indo ao calvário para a sua execração pública diária, sendo humilhado e espezinhado todos os dias até o final da CPMI.

Decidiu se especializar nos mecanismos de CPMI do Congresso que conhecia muito bem pois fora deputado federal antes de ser presidente.

Conhecia cada deputado e senador, todos os funcionários do Congresso, e cada jornalista e comentarista político.
Foi instaurada no Congresso Nacional - CN a CPMI no dia 9 de junho de 2005 para investigar este e outros episódios conexos.
Dividiu-se esta CPMI em cinco sub-relatorias:

a) Adjunta, Coordenação e Sistematização, sob o comando dos Deputados Federais Fedo Vaes e Dep Fed Vaur Bands;

b) Movimentação Financeira, sob a coordenação do Dep Fed Tusta Drue;

c) Contratos, sob a coordenação do Dep Fed Erdo Cardax;

d) Fundos de Pensão, sob a coordenação do Dep Fed Atori Carl Net;

e) Normas de Combate à Corrupção, sob a coordenação do Dep Fed. Ox Wenze;

f) Instituto de Resseguros de Ibirapitanga, sob a coordenação do Dep Fed Carl Wam.

Eram todos muito conhecidos de Zébodão, cada membro da CPMI tinha convívio com ele.
Durante os trabalhos da CPMI dos Corregedores foram investigados:

1. 68 mil contratos;
2. 11,3 milhões de operações financeiras;
3. 70 mil operações de Swap na Bolsa Mercantil de Futuros - BMF;
4. R$ 2 bilhões do balerioduto; foram realizadas
5. 165 reuniões da CPMI; foram apreciados
6. 1602 requerimentos, e realizadas

7. 233 oitivas; foram rastreadas cerca de
8. 33, 8 milhões de ligações telefônicas.

Após 9 meses a CPMI aprovou o seu relatório final com amplas recomendações de reformas na legislação e nos procedimentos administrativos do serviço público e a criação proposta de um banco de dados e organismos-agências fiscalizatórios.

O Ente Privado (Os privados)

Tudo começou com o Sr. Vargas Balério o principal operador dos desvios de fundos através de contratos com os entes públicos; Buda Madona, que construiu um esquema semelhante ao Balerioduto, mas, em menor volume de recursos financeiros desviados; FNA, empresa de propaganda; BMP & W, empresa de propaganda; Ganni; CCB, empresa de propaganda; Spymast Airlines prestou serviços aos Correios, e, Ibirap (Ibta) Express também prestou serviços aos Corretos na Rede PI Noturna - RPR; Usigas; Cospe; Altrac; Garantes; Bom Banal; IB Telecom.

Vantagem indevida

O mensalão foi o resultado final do produto do esquema de corrupção engendrado por Vargas Balério que foi o objeto da delação/denúncia do esquema de desvio de recursos e de exploração de prestígio.

O Mensalão, apelido dado pelo Dep Fed Roberio Jeffe aos pagamentos feitos pelo esquema de desvios de verbas, foi revelado pelo Sr. Martírio Marin, publicado na reportagem da Revista Olhar de nº1905, e fartamente exibido na televisão; fruto da gravação da espionagem feita pelo Sr. Jack do San, com o auxílio do ex-agente da AB Jeimes Bonde quem forneceu a maleta-espiã.

Desse modo, deputados, políticos, membros do PBD e de partidos de apoio do Gov Fed indicados por Debut Sonda e Zé Dacon, tesoureiro do PBD e

Chefe da Casa Civil, respectivamente, recebiam dinheiro regularmente de Vargas Balério para apoiarem o Governo do Presidente Zébodão.

Brecha para a Corrupção

O esquema de corrupção aproveita-se de brechas legais para infiltrar-se no sistema e se instalar à sombra de proteção das contradições, ambiguidades, omissões e falhas da administração pública para desviar recursos, naturalmente, com a participação de entes públicos, como se irá demonstrar.

A pergunta nunca respondida era se Zébodão sabia de cada coisa que a CPMI auditava e descobria e investigava?

Brechas Legais: foram exploradas e deram ensejo às recomendações corretivas e punitivas, tais como:

1. licitação com editais e especificações ambíguas, incompletas e inconsistentes;
2. termos aditivos nos contratos;
3. subcontratações;
4. prorrogações de contratos;
5. ampliação do objeto do contrato;
6. dispensa de licitação;
7. inexigibilidade de licitação.

Brechas Morais:

1. propinas;
2. licitação dirigida;

3. capacidade técnica ou econômica fraudada;
4. falsa prestação de serviço;
5. pagamentos sem contrato.

Brechas Administrativas:

1. Licitação ilegal;
2. formação de comissão de licitação homogênea;
3. ausência de licitação;
4. julgamento subjetivo de propostas;
5. empresas, contratos e prestações fictícias.

Brechas Fiscais:

1. Sonegação de impostos;
2. falso empréstimo;
3. falso aval;
4. balanço maquiado;
5. desvio de recolhimento;
6. falso lucro;
7. falso prejuízo;
8. empresa de fachada;
9. falsidade ideológica;
10. contas em paraísos fiscais;
11. contas fantasmas.

Brechas Técnicas:

1. falsa habilitação em licitação;
2. enquadramento equivocado em categoria de serviços;
3. devolução de produto licitado;
4. amostra falsa de produtos;
5. especificação incompleta ou ambígua;

6. projeto básico excessivamente genérico;
7. falso atestado de prestação de serviço ou de capacidade técnica;
8. briefing excessivamente genérico.

Oportunidade de Acesso (Anéis burocráticos)

A amizade de Vargas Balério com políticos do PBD; empresas prestadoras de serviços ao Estado; facilitação de empréstimos com facultação de aval; débitos de campanha eleitoral; compra de apoio político.

Intencionalidade

Compra de apoio parlamentar pelo Chefe da Casa Civil, e dívidas de campanha política eleitoral.

Execução

O balerioduto foi o nome que se deu ao imenso esquema de captação de recursos através da corrupção e fraude para repassá-los aos políticos e colaboradores de apoio ao governo Zébodão através de

1. falsos contratos com o governo e empresas do governo federal,
2. falsa prestação de serviços,
3. superfaturamento,
4. fraude fiscal,
5. ampliação de objeto de contrato,

6. simulação de serviços,
7. vendas e lucros ou prejuízos forjados.

Ocultação da corrupção

Falso contrato de empréstimo ao PBD através de Vargas Balério, com o aval de Debut Sondas, tesoureiro do PBD, que, com

1. bens declarados de R$ 167 mil, avalizou
2. empréstimos no valor desde R$ 2 milhões até R$55 milhões ao PBD.
3. Falsos contratos,
4. falsos empréstimos pessoais,
5. falsas faturas e falsas despesas.

Dissimulação

Tentativas de dar legalidade ao ilegal com a

1. formação de contratos,
2. pagamentos e movimentação com datas retroativas, e a
3. eleição de laranjas,
4. falsos credores, e
5. falsos devedores.
6. Contas fantasmas nos estabelecimentos bancários.

Pseudojustificativas

As campanhas eleitorais de todos os partidos políticos e de candidatos não se refletem na prestação de contas, porque a lei eleitoral é hipócrita e fantasiosa; não permite declarar os custos reais de uma disputa eleitoral com os limites insuficientes e as restrições impositivas de lei eleitoral inadequada.

Fuga, renúncia, julgamento, confissão, negação e desculpa

Todas estas situações foram constatadas durante e após a CPMI dos Carretos, só não foi constatado suicídio.

Justificativa deste Estudo

A CPMI começa por um fato determinado de comoção nacional que chega até ao Congresso Nacional por causa do clamor público, através de um veículo de comunicação de massa-mídia, por pressão de entidade nacional da sociedade civil.

Quando o fato determinado referente aos costumes morais, a instauração da CPI ,não encontra resistência e nem adversários suscita, porém, disputas entre a oposição e a situação pelo comando e/ou relatoria da CPI de caráter político/administrativo.

Arena Política da CPMI

A oposição quase sempre tenta associar o fato determinado às falhas das políticas públicas e à inefetividade do governo na administração pública, quer seja:

1. por inação do governo;
2. pela ausência de política ou
3. ausência da administração pública; ou pela
4. completa incompetência técnica do governo.

Por seu turno, o governo tenta buscar justificar-se do fato determinado referente aos costumes morais ora à fatalidade e à inevitabilidade dos fatos;

1. à falta de políticas dos governantes anteriores a ele (herança maldita);
2. impossibilidade ou inevitabilidade de erradicação do problema;
3. socorre-se na comparação com outros países com os mesmos problemas;
4. culpar à torcida feita pela oposição pelo fracasso das políticas e administração públicas;
5. culpar à falta de apoio da oposição às propostas e políticas do governo;
6. culpar à oposição pela sabotagem às propostas de ações do governo.

No caso das CPI's que investiguem as políticas públicas ou que investiguem a administração pública, a CPI torna-se um instrumento político poderoso da oposição (das minorias) ou de grupos de barganha por cargos e prestígio dentro do próprio núcleo do governo.
Neste caso das CPI's políticas, as estratégias do

governo para enfrentamento da oposição na CPI convém ser:

a) blindar o acusado com recursos de imunidade para retirá-lo do alcance e do foco da CPI;
b) também, pode o governo abandonar e isolar-se de seu aliado;
c) pode isolar e blindar o chefe de governo ou ocupantes de postos-chave do governo, ao abrigo da fúria da CPI;
d) pode abreviar os prazos da CPI;
e) pode embaralhar as informações solicitadas pela CPI, sobrecarregar de dados a CPI ou dificultar o acesso aos dados e informações acessados pela oposição na CPI;
f) pode o governo contra-atacar a oposição fazendo denúncias e publicando dossiês;
g) pode ainda o governo responder aos ataques ou fazer uso da estratégia da tábula-rasa fazendo ataques generalizados, acusando a oposição e a todos de serem igualmente corruptos, governo e oposição, nivelando a todos por baixo;
h) pode o governo trazer fatos passados análogos, cometidos pela oposição ou, no máximo do desespero;
i) pode o governo ameaçar os adversários com uma CPI contra eles.

Nada disso é suficiente para desviar o foco da CPI que é (deveria ser) a investigação do fato determinado, e não de investigar os protagonistas do fato determinado e autores dos delitos. Não existe réu em uma CPI, ou CPMI. O réu na CPI é o fato determinado.

As disputas políticas na CPI não fazem parte das expectativas e dos objetos de atuação da CPI; as punições não fazem parte dos deveres da CPI, pois cabe ao poder judiciário julgar e apenar os réus condenados; a superexposição midiática dos eventos e atores pertinentes à CPI não são objetivos da CPI, nem se constituem instrumentos investigatórios, pois a CPI não se propõe a produzir show de massa-mídia.

O objetivo e função do CN é fiscalizar atos do poder executivo e fatos conexos com as leis ali produzidas, separando os atos do autor, pois os objetivos do CN são o de produzir e aperfeiçoar as leis, o aperfeiçoamento dos controles administrativos e da administração pública.
O problema é: O limite da competência de julgamento do CN não se estende ou se aplica/amplia ao autor do fato determinado investigado pela CPI; limita-se a investigar atos e fatos; o protagonista é apenas o fio condutor dos eventos investigados.

Esta é a tese central: o protagonista do fato determinado investigado, objeto da criação da CPI ou CPMI, está investido tacitamente do *Habeas corpus* em benefício da própria CPI ou CPMI.

Objetivos de Zébodão:

Estudar os limites da legalidade e

constitucionalidade da CPI para demonstrar os desvios de finalidade e abuso de poder nesta CPMI.

Objetivos Específicos

Zébodão resolveu estudar a corrupção: analisar o funcionamento de uma CPI; avaliar a CPI quantitativamente e qualitativamente construindo indicadores e selecionando e separando as variáveis dependentes, independentes, intervenientes.

A corrupção pública constitui-se crime de apropriação indevida de bens e de serviços públicos fora do que a lei determina. Zébodão nunca antes havia se corrompido enquanto nos seus mandatos de deputado federal, e aquela situação era muito embaraçosa, era uma tragédia pessoal e política para ele que não sabia como iria terminar, dizem que pensou em se matar, mas bebia muito e só falava com seus velhos amigos.

Zébodão leu neste período de investigações que ao longo da História da civilização em todas as culturas do mundo, em épocas distintas, e em circunstâncias particulares, o crime da corrupção passou a existir desde quando fora institucionalizado legalmente a figura categórica analítica e teórica do bem-público.

Ao lado do bem-público convive concomitantemente a figura legal indissociável da *res-pública*.

Por seu turno, a *res-pública* é uma categoria analítica ontológica legal e histórica, mutuamente excludente da categoria histórica do patrimonialismo.

Lendo sobre constitucionalismo, quando ele foi deputado constitucionalista também, que o fim dos regimes patrimonialistas abriu espaço para o regime republicano, ou, deu a abertura para os regimes de monarquias constitucionais não-pretorianas, que passaram a dividir o poder com um parlamento ou ceder ao parlamento todo o seu poder.

Foi-se assim o absolutismo monárquico ou senhorial, com o Velho Regime e desde então em seu lugar, em quase todo o mundo, ficaram duas entidades abstratas e incompreendidas, talvez irresolutas, que são: o Estado de Direito, e o bem - público.

São, portanto, estas duas ficções doutrinárias e jurídicas, o Estado e o bem-público, ou *res-pública*, entidades à espera de suas concretizações, afirmações teóricas, confirmações na sua mais ampla concretude social e aprovação social e política.

Nos regimes monárquico-patrimonial antigos dos tipos: feudal, tradicional, carismático, Oriental, todas as despesas do reino, ou do principado, ou do feudo, todos os gastos e investimentos para a manutenção do sistema público, quer seja: do principado, do império, do feudo, do reino, da pólis eram originários e tinham como fonte fiscal primária a riqueza pessoal e familiar do governante, seja rei, ou senhor feudal, imperador, ou príncipe para fazer frente a:

a) despesas correntes;

b) despesas de investimentos;

c) aquisição de patrimônio;

d) manutenção do patrimônio;

e) pagamento de servidores públicos;

f) manutenção das forças armadas e de segurança;

g) empresas do reino;

h) empreendimentos reais.

Zébodão sabia desde que deputado constituinte que com a transição para a república ou para o regime constitucional, surgiu este ente abstrato e impessoal que pertence a todos e a ninguém em particular, a *res nullium,* a qual é possuidor (proprietário) dos bens, deveres, haveres e obrigações do Estado e da União, cuja administração é confiada a um grupo de servidores transitórios eleitos ou nomeados: a *res - pública* que sucedeu a *res-princeps.*

Zébodão como comunista não acreditava que o individualismo metodológico afirma, na base do pensamento liberal, sobre a categoria ontológica teórica do egoísmo, ser o indivíduo incapaz de cuidar daquilo que não lhe é próprio; a natureza humana egoísta apenas admite cuidar relativamente bem daquilo que esteja mais próximo de seu interesse imediato, mal saindo da esfera pessoal, e, por conexão lógico-temporal-espacial-causal faz concessão extensiva na esfera familiar, que por força da tradição, do compartilhamento compulsório dos recursos e bens via parentesco, pensão, heranças, casamento, filiação, paternidade alcançam a posse desses bens.

Esse pensamento limitante para Zébodão impedia que se pensasse para além desta esfera, então, todas as tentativas de socialização de bens públicos resultam em fracassos históricos.

Por este motivo o bem público constitui-se uma ficção político-econômico-social.

Contrato Social

Zébodão estudando a teoria política clássica

Segundo o filósofo Jean Jacques Rousseau, o surgimento da propriedade privada durante a pré-civilização criou o indivíduo proprietário egoísta e transformou a convivência social numa competição selvagem pela sobrevivência individual, obrigando-nos à constituição da sociedade baseada no contrato social de defesa do indivíduo proprietário e do direito à propriedade.

Assim, teoricamente, segundo Rousseau, foi destruído o pacto grupal comunitário que unia os nossos antepassados na pré-civilização.

Como não é mais possível a dissolução deste contrato social e o retorno ao sistema de posse comunal; como também não é mais possível a volta ao sistema patrimonialista teremos que construir formas e contrato para os dois tipos de posse de bens:

a) a propriedade privada; e

b) a propriedade pública.

Sociedade pós-moderna

Com o advento da sociedade contemporânea, pós-industrial, surgiram demandas sociais que obrigaram as sociedades humanas a ultrapassarem as velhas definições de propriedade privada.

A nova *res-pública* exige que toda propriedade privada atenda ao interesse social e submeta-se ao interesse público, primacialmente.

Propriedade privada de interesse social

Zébodão estudou teoria da Responsabilidade Social cujo o espírito foi consagrado pela Constituição Federal Promulgada em 1988 do qual fez parte na sua elaboração como constituinte, apesar do seu partido não votar a favor da promulgação dela.

O usufruto da propriedade privada fica limitado pelo interesse social, limitando a posse e o usufruto da propriedade privada, transformando-a em semipública, ou, propriedade público-privada.

Zébodão tinha muito claro a noção de que a corrupção, portanto, é quando um bem público ou de interesse social é apropriado ou usufruído como bem privado *strictu senso*.

O bem público é todo bem, serviço ou facilidade colocado à disposição pelo Estado para o cidadão nas condições de acesso que a lei determinar. (concessão, permissão, compra, aquisição, arrendamento, usufruto, enfiteuse, aluguel, posse, empréstimo, retrovenda).

Zébodão resolveu investigar também a influência da religião no comportamento social, Ela consiste em uma linha de investigação no mínimo interessante, haja vista os trabalhos que relacionam a religião ao comportamento moral e político.

Referências antigas a este respeito vem principalmente de Tales de Mileto na Grécia, 550 a. C., fundador da Filosofia.

Tratou Tales de afastar a religião e a tradição da esfera política e científica, para construir os fundamentos da racionalidade filosófica; deixando-nos a Ciência da Ética em lugar da Religião e da tradição para nos servir de referência para as regras de conduta social e moral.

Descobriu muitos autores que escreveram sobre isso e outro autor de destaque que desfere ataque contra a religião é Maquiavel, quem declara existir duas éticas: a religiosa, ou, moral, e, a da política.

A ética moral é a ética de convicção, incondicional; a ética política seria a ética da responsabilidade, a qual indica que os fins determinam os meios, justificando-os.

Outro autor que Zébodão leu que se refere à religião escreve um importante trabalho sobre o tema que é o maior dos antropólogos, Èmile Durkheim, o qual em seu estudo sobre o suicídio egoísta, suicídio autruísta, suicídio social e suicídio anômico e a relação do suicídio com o Calvinismo, mostrando que havia uma imbricação e entrelaçamento entre eles com o Capitalismo ocidental.

E para concluir, Zébodão estudou a obra do sociólogo e economista Marx Weber, o qual indexou a questão religiosa do protestantismo ao espírito do Capitalismo.

Outros grandes autores podem também ser citados por sua correlação construída entre o capitalismo e a religião, entre o comportamento social e a religião, com Karl Marx , Immanuel Kant, Husserl, todos da lista de autores que os assessores de Zébodão preparam para suas consultas que relacionam a ética religiosa à racionalidade, comportamento e expectativas humanas, obviamente os psicanalistas dialogam permanentemente com a religião, como se vê nas obras de Jung, Freud, Sartre e Lacan.

Todos estes autores concordam que a religião tem ponderado e pautado o comportamento e as expectativas humanas, sendo referência para o estabelecimento de padrões de comportamento econômico, social, político, pessoal e moral da humanidade.

A Miséria como Causa da Corrupção

A miséria é o principal indicador socioeconômico e político.

Segundo os marxistas, é o fator estrutural do sistema capitalista.

A precarização econômica e material do indivíduo faculta e oportuniza a tomada de atalhos e descaminhos para a obtenção dos meios de sobrevivência.

A miséria é um indicador frequentemente associado à violência: a fragmentação da convivência social, enfraquecendo e vulnerando a noção de legalidade, empurra o indivíduo, fragilizado e precarizado pela carência material, a caminhar sempre no limite extremo da sobrevivência, da dignidade, da decadência, da decência, da licitude, da moralidade, da honestidade, obrigando-o a estar sempre na circunstância de decidir entre o legal e a privação; entre o ilegal e a satisfação da carência, da carência premente: ou o indivíduo recusa a oportunidade de delinquir e passar por privações, ou pode cometer pequenos e justificáveis delitos em função do estado de necessidade famélica extremada.

A miséria é uma porta aberta para o delito, e só pode ser fechada ou pela privação consciente, ou pelo socorro às necessidades prementes vindo de fora.

Zébodão observou em suas pesquisas sobre a questão moral (costumes), que é a Ética secular da praxis social, foi derivada da tentativa de substituição à época dos filósofos gregos desde 550 a. C., dos preceitos determinativos do comportamento social e pessoal dados pela religião e pela tradição: tais preceitos doutrinários e dogmáticos.

Quando tentou-se substituí-los (a religião e a tradição) pela racionalidade filosófica, dando-se aos preceitos éticos justificativas lógicas e principiológicas para o comportamento considerado reto, socialmente aceitável, baseados na razão instrumental.

Eliminar-se-iam o medo da punição eterna, da punição de consciência, o medo da reprovação social baseada nos costumes tradicionais intraduzíveis, místicos e míticos, pelas variantes racionalistas principais:

a) Ataraxia;

b) Epicurismo;

c) Ceticismo;

d) Justiça;

e) Estoicismo.

a) Ataraxia: é a busca da completa serenidade interior, pelo abandono total das perturbações produzidas pelo desejo, através do abandono total de todo desejo; é o desejo não realizado, não concretizado, que leva à frustração. E o principal de todos os desejos é o desejo de felicidade. A frustração levada às últimas consequências conduz à violência ou à apatia, tornando o indivíduo antissocial.

b) Epicurismo: ou hedonismo, seria a busca utilitarista da felicidade através do prazer, fazendo-se um balanço desta busca da felicidade através da economia e escolha racional entre o prazer e o dever, entre o sacrifício e o prazer, fugir da dor e do sacrifício desnecessário e improducente, minimizando as expectativas de sofrimento e maximizando as expectativas de prazer e de vantagens através do cálculo egoísta entre o dever e o prazer, entre o custo e o benefício.

c) Ceticismo: seria a busca racional da verdade absoluta pelo abandono de todas as idéias e noções preconcebidas e apriorísticas; buscar a verdade livre de quaisquer condições preexistentes, epoché, imutáveis ou indiscutíveis, insofismáveis, tudo pode e deve ser questionado, examinado, verificado, investigado, posto à prova, nada pode ser desprezado ou excluído da censura e da dúvida. Duvidar de conceitos e das verdades eternas e das afirmações insofismáveis.

Tudo pode ser questionado, verificado, discutido e modificado. Tudo deve ser testado, demonstrado e atestado. Somente pode ser verdadeiro aquilo que sobreviver ao fato concreto. No limite, chega-se ao niilismo Nietzcheriano: nada é nada, nada é tudo, e tudo é nada, não existem propósitos nas ações e intenções humanas.

d) Justiça: a noção de justiça, representada pela balança, indica que os nossos atos não podem exceder nem ficarem aquém da medida certa e exata, nos momentos e lugares certos: sem excessos nem falhas, ou faltas. Sendo justos estaremos sempre mantendo o equilíbrio da balança; nem bondade, nem maldade; nem doar nem receber; nem retirar nem entregar nada que não seja direito. Cumprir os deveres na estrita medida do necessário.

e) Estoicismo: é aquela corrente filosófica que ficou conhecida por defender a importância do sacrifício pelo futuro, deixar de gastar hoje para usufruir depois, pois nada se consegue de útil sem sacrifício, sem o esforço devido. O sacrifício de agora, a poupança, a previdência, a prevenção, abstinência é que podem prover e determinar o amanhã.

A vida sem coragem para fazer renúncias, para abrir mão do imediatismo dionisíaco e das fantasias e dos sonhos acaba em arrependimento e frustração; o planejamento, a obstinação, a frugalidade, a simplicidade e a abnegação são os únicos caminhos para o sucesso.

As leis são acordos ou contratos sociais estabelecidos na tentativa de garantir-se a convivência social.

Suas principais vertentes epistemológicas e doutrinárias são:

a) violência legítima e exclusiva do hegemon na figura do Leviatã na concepção filosófica de Thomas Hobbes, representada pelo Estado de Direito absolutista;

b) A proteção do patrimônio privado, segundo a concepção filosófica de John Locke;

c) a proteção da liberdade, na visão de Jean Jacques Rousseau.

a) Segundo a visão de Thomas Hobbes o ser humano antes de constituir a vida societária civilizada vivia ameaçado de morte a qualquer momento pelo outro ser humano.

O homem é o lobo do homem.

Para proteger o homem de seu semelhante, da guerra de todos contra todos em seu estado da natureza selvagem, era necessário eleger um homem dentre todos os outros homens que estivesse acima de todos os homens: assim a este hegemon seria adjudicado poderes absolutos, aos quais todos alienariam os seus mais legítimos direitos de autodefesa, alienando-os em favor do governante absolutista, que em troca garantiria, com poderes absolutos excepcionais e ilimitados, a segurança de cada um.

Esta forma de contrato social deveria acabar com toda a violência e vingança privadas.

b) Na versão de John Locke o principal argumento para se estabelecer o pacto social seria para prevenir o comportamento antissocial causado pela disputa pela propriedade privada. Neste debate surgiu a primeira noção do que seria o bem comum.

A partir do momento que os indivíduos valorizaram as diferenças com relação à propriedade privada houve a necessidade de se criar o governo que cuidasse da aplicação de regras para garantir os direitos dos proprietários, garantia da paz social: a propriedade e o direito a ela fazem o cidadão socializado.

c) No modelo de Jean Jacques Rousseau o período pré-societário foi o mais feliz da espécie humana onde o bom-selvagem jazia em seu mundo isolado e solitário, feliz e livre da convivência social, o seu inferno.

Mas, o crescimento demográfico modificou este estado, obrigando o ser humano a compartilhar seu espaço, suas expectativas, sua privacidade com o seu semelhante.

Este foi o seu inferno particular.
Obrigado que foi à convivência coletiva foi constrangido a construir e a submeter-se ao acordo

social onde todos se toleravam e ao mesmo tempo todos competindo entre si, se odiavam, compelidos pela competição pela sobrevivência frente aos fatores limitantes do meio ambiente e recursos mais escassos na natureza por hora disponíveis.

Assim, cada cidadão se torna um inimigo cordial de seu semelhante, sob um governo que faça cumprir a vontade geral visando o bem comum na sociedade. O bem comum é o arquétipo da *res-pública*.

Causa Cultural da Corrupção

A cultura é um conceito polissêmico cujo significado preciso se perde entre cerca de 160 definições diferentes nas melhores e mais vastas enciclopédias.

A cultura é vista como a identidade de comportamento de um determinado grupo ou grupamento no sentido sociológico-antropológico.

Neste caso, a cultura constitui o conjunto de expectativas de comportamento correspondente a cada papel social; papel entendido como um conjunto de expectativas de comportamento privativo e obrigatório, constituído de um conjunto de deveres e de obrigações, direitos e compromissos interdependentes, interligados, complementares, correspondentes, associados, harmônicos e dialéticos na visão funcionalista sociológica-antropológica.

Na perspectiva estruturalista, a cultura representa um conjunto de comportamentos perceptível, por serem singulares, privativos de um grupo ou de grupamento, comunidade, a qual se perpetua por um tempo longo o suficiente para que as variações de comportamento sejam imperceptíveis, tornando obrigatória e previsíveis estas expectativas de comportamento social.

A cultura de um povo determina certas expectativas de comportamento social baseadas em valores sociais aceitos pelo grupo, grupamento ou comunidade. Tais valores são obrigatórios e constituem uma escala hierárquica de medidas de referência do status ou posição social dos membros do grupo, grupamento ou comunidade na sociedade.

É o status social de cada indivíduo que determina o prestígio do indivíduo em seu grupo, grupamento, comunidade ao qual ele pertence: é o prestígio que permite o reconhecimento e o acesso ou proibição social, econômica e política às facilidades e aos privilégios da vida social.

Conclui-se que o comportamento individual é contingente às expectativas sociais cultural às que o indivíduo está exposto na sociedade.

Conclusão Sobre as Causas da Corrupção

Os fundamentos teóricos e epistemológicos da corrupção derivam de estudo destes elementos mencionados, assim, os delitos constituem violações destes princípios por indivíduos que os ignoram ou se recusam a se submeterem aos estatutos condicionantes dos grupos sociais impostos pelo contrato social tácito e formal e outras formas de controle social impositivos da religião, da ética, da moral, da cultura na intenção de obterem vantagens vedadas aos outros participantes da comunidade cerceados pelos ditames da obediência devida que os constrangem a se absterem destas mesmas vantagens marginais, assim, os corruptos ficariam livres destas obrigações sociais.

A busca de atalhos para a fuga destas constrições é que constitui a delinquência da corrupção.

A corrupção constitui-se em um crime público. Para existir a corrupção é preciso existir dois elementos: o corruptor e o corrompido, ou o bem público e o desvio de finalidade.

Conclusões

Os advogados de Zébodão fizeram um resumo apanhado de revista jurídica para orientar as ações que de veria tomar e se abster em sua própria defesa material com respeito à CPMI, ficou assim descrito:

O objeto de uma CPI é o fato determinado.

A competência do CN é de investigar e julgar os fatos, separando-os do autor.

Na CPI não é relevante a figura do réu; o réu em uma CPI é o fato determinado sendo investigado.

A competência de julgar, investigar e processar do CN é *ad rem* e não *ad hominem*;

Constitucionalmente o CN restringir-se-há a apreciação dos atos e fatos do poder executivo e daqueles de que tratam as leis que elabora.

Qualquer atitude que extrapole a competência e a jurisdição sobre o objeto investigado configura desvio de finalidade e abuso de poder.

Portanto: a ordem de prisão de depoente ou qualquer tratamento que configure coerção ou coação sobre os depoentes em uma CPI extrapolam a competência constitucional do CN de processar, fiscalizar, investigar e julgar os atos do poder executivo e conexos *ad rem* em crimes de responsabilidade é um ato extravagante, abuso de poder, desvio de finalidade nesta instância de poder.

Por isso, a prisão de depoente em CPI é inconstitucional e desnecessária visto que o réu na CPI é o fato determinado.

Portanto, o *Habeas-Corpus* do depoente em CPI é dativo e nativo, tácito e imanente à condição de depoente que não é o objeto de investigação em CPI e sim o fato ou ato que cometeu.

A coação e a coerção de depoente em CPI, ou, em CPMI, Art. nº35 do Regimento Interno - RI da Câmara dos Deputados - CD

1. constituem-se em um desvio de finalidade,
2. abuso de poder,
3. exceção de competência contrários,
4. contraproducentes,
5. inconstitucionais e
6. incompatíveis com a praxis parlamentar

pois não são instrumentos próprios do poder legislativo, cuja função e objetos constitucionais, Art. nº52, incisos I e II CF 88; e Art. nº49, incisos IX e X da CF 88 são:

1. investigar,
2. processar,
3. julgar e
4. fiscalizar os atos,

ad rem, do poder executivo em crimes de responsabilidade

1. (Presidente da República;
2. Vice-presidente da República;
3. Ministros de Estado,
4. Ministros do STF;
5. Presidente da AGU;
6. Procurador Geral da República;
7. Membros do Conselho Nacional; e
8. Membros do Ministério Público)
9. com a autorização de 2/3 da Câmara dos Deputados

In casu a judicialização e a policialização desta CPMI dos Carretos, de acordo com o Art. nº35 do RI da CD, descaracterizaram o Poder Legislativo em sua competência originária de outorga republicana legisferante.

Esta descaracterização do poder legislativo na CPMI reduziu as expectativas de cooperação dos depoentes e reduziu as expectativas de uma apuração isenta e completa dos fatos, dados, atos, informações e operações, retirando o caráter informativo e subsidiário da CPMI.

Por isto, todo depoente na CPMI (esta é a hipótese analítica) tem o direito ao *Habeas corpus* dativo e nativo em benefício da eficácia, eficiência,

A efetividade e da verdade da própria CPMI.

Habeas corpus dativo e nativo do depoente em CPI e CPMI, e aprecia a revogação do Art. nº35 do RI da

CD por ser o mesmo inconstitucional. (Lei nº8429 de 2/6/1992; Lei nº10792 de 1/12/2003).

Zébodão é preso

Zébodão termina o seu mandato, escapa do processo de impeachment, por obra de seus adversários que queriam vê-lo sangrar, ser vilipendiado pela mídia, destruído e humilhado pelo maior tempo possível pela larga exposição na mídia dos horrores.

Mas não escapa da prisão, foi decretada a prisão bode mais famoso do mundo todo, e na sua arrogância, Zébodão se refugia com centenas de militontos na sede do sindicato dos bodes e resiste até a morte aos policiais que levaram o alvará de prissão decretado pelo juiz que começava a ficar muito famoso, Segey Muro.

A coragem só durou até meia noite quando através de um acordo com ex presidente tinha suas regalias, ele se entregou à prisão e todos ficaram consternados, exceto a oposição que salivava de delírio.

Pela primeira vez na história de Ibirapitanga dezenas de políticos e colarinhos brancos e empresários ricos conheciam o que era a cadeia, esse fato inédito ocorreu em Ibirapitanga graças a coragem e intrepidez de um jovem e ousado juiz criminal federal Segey Muro.

Era o novo espetáculo da mídia quando chegava o agente coreano-ibirapitanguense com o mandado de prisão, era o “coreano da federal”, temido, que ficou famoso até ser afastado por um procedimento administrativo da polícia onde respondeu a um inquérito em um processo administrativo disciplinar e cumpria sua pena administrativa interna.

Todos os dias de seu encarceramento recebia visitas as mais ilustres na cadeia, nem parecia que estava preso, na verdade nem ficou em uma cela, ocupava uma das salas destinadas aos administrativos, seus militontos cantavam para ele todas as manhãs o bom-dia do lado de fora da penitenciária, alguns acamparam ali e faziam panelaço diário até serem afastados pela ordem judicial.

Foram bloqueando todos os bens que Zébodão ganhou de presente das empreiteiras, dos amigos, dos empresários, dos admiradores, apartamentos, casas, terrenos, joias, veículos, seus filhos tiveram os bens desviados, muitos laranjas começaram a aparecer nas investigações, era um escândalo por dia assim foram dezenas de ações na justiça, conseguiram listar mais de 1000 casos de corrupção, de venda de medidas provisórias para beneficiar empresários, a Ibirapitanga se acostumou a ligar a TV para ver a nova descoberta de escândalos do dia.

Era o inferno do Zébodão. Nada dava certo. Todos zombavam de Zébodão e de sua família, sua cabra companheira morreu de desgosto, foi o sepultamento comício, uma invenção de Zébodão, mais uma para o folclore dele.

Mas, havia a saída dos três dedos, Zébodão se lembrou do sinal secreto, e apontou para o juiz da suprema corte os três dedos, discretamente em um almoço, com seus advogados, que a princípio não acreditaram no sinal, mas algumas reuniões com os juízes e os advogados mostraram o sinal rapidamente e discretamente para o juiz certo, os três dedos, e começou a mudar a sorte de Zèbodão.

Ninguém acreditou quando o juiz proibiu a prisão de qualquer pessoa sem o cavanhaque de bode, então se pensou que todos os presos sem cavanhaque seriam liberados das penitenciárias, que nada, somente Zébodão foi beneficiado pela revista, pela jurisprudência, pelo acórdão!

Agora Zébodão estava livre para espanto geral! E mais foi convencido o advogado de Zébodão a mostrar o sinal dos três dedos e todo o processo e todas as ações contra Zèbodão foram anuladas em todas as instâncias.

Agora Zébodão eram um homem livre, limpo e sem passado criminal, e logo começou a organizar sua volta para a política nada menos do que ser presidente, de novo!

www.ingramcontent.com/pod-product-compliance
Ingram Content Group UK Ltd.
Pitfield, Milton Keynes, MK11 3LW, UK
UKHW061829190726
13853UKWH00009B/2519

9 798402 921023